T0049251

Una velada en la librería Morisaki

Satoshi Yagisawa
Una velada en la librería Morisaki

Traducción de Daniel Aguilar Gutiérrez

Ọ Plata

Argentina – Chile – Colombia – España
Estados Unidos – México – Perú – Uruguay

Título original: *Zoku Morisaki Shoten No Hibi*
Editor original: Shogakukan
Traducción: Daniel Aguilar Gutiérrez

1.ª edición: noviembre 2023

© 2011 Satoshi Yagisawa
All rights reserved
La edición en español se publica en virtud de un acuerdo con Shogakukan,
gestionado a través de Emily Books Agency LTD.
y Casanovas and Lynch Literary Agency, S.L.
© de la traducción, 2023 *by* Daniel Aguilar Gutiérrez
© 2023 *by* Urano World Spain, S.A.U.
Plaza de los Reyes Magos, 8, piso 1.º C y D – 28007 Madrid
www.letrasdeplata.com

ISBN: 978-84-92919-43-7
E-ISBN: 978-84-19936-05-9
Depósito legal: B-16.936-2023

Fotocomposición: Ediciones Urano, S.A.U.
Impreso por: Rodesa, S.A. – Polígono Industrial San Miguel
Parcelas E7-E8 – 31132 Villatuerta (Navarra)

Impreso en España – *Printed in Spain*

Capítulo uno

L os días en que no tengo que ir al trabajo me dedico a caminar por esas estrechas callejuelas de siempre a las que estoy acostumbrada. Hoy, en esta cálida tarde de octubre, con el aire a mi alrededor henchido de paz y tranquilidad, noto cómo la piel se cubre tenuemente de sudor bajo la bufanda que traigo enrollada con laxitud. En este barrio, incluso en las horas diurnas de una jornada laborable, la gente con la que me cruzo camina sin prisas, lo mismo que yo. Y, de vez en cuando, detienen sus pasos y desaparecen sin el menor ruido, absorbidos hacia el interior de la librería que se alza a su vera.

Estamos en Jinbocho, Tokio. Un barrio un poco particular, en el que la mayoría de los establecimientos comerciales son librerías. En las librerías de segunda mano que se suceden una tras otra encontramos libros de arte, libretos de teatro, libros de historia, de filosofía, o incluso artículos más infrecuentes, como libros japoneses arcaicos en formato de pergamino enrollado o mapas antiguos. En cualquier caso, la selección confiere a cada establecimiento un sabor particular. Dicen que sumando todas esas tiendas la cifra supera las ciento setenta. Lo cierto es que el hecho de que a lo largo de toda la calle se alinee una gran cantidad de establecimientos compuestos en su mayor parte por librerías es un panorama que merece la pena ver.

A pesar de que en la acera contraria de la avenida comienza un barrio de edificios de oficinas, lo que se encuentra en el territorio de este lado son construcciones de gustos variados donde es posible evitar con facilidad las injerencias de alrededor. Entrar ahí es como rodearse de una atmósfera confidencial, algo así como vivir dentro de unas coordenadas espaciotemporales diferentes. Por eso, si se camina por ese sitio hasta que deje de apetecer, es normal que se pierda la noción del tiempo transcurrido.

El lugar al que me dirijo ahora se halla en esa zona. Avanzando por la calle que alberga a las librerías de segunda mano, hay que torcer por una calle que queda casi a la salida del barrio y entonces el punto de destino aparece enseguida a la vista. Es una librería de segunda mano llamada Morisaki, especializada en literatura de comienzos de la Modernidad japonesa.

—Eh, Takako-chan, aquí, aquí.

Al doblar la esquina oí que una voz vibrante me llamaba por mi nombre. Entonces vi que un hombre de mediana edad y escasa corpulencia, con gafas de montura negra, miraba hacia mí agitando exageradamente la mano.

—Pero si ya te dije por teléfono que no salieras a esperarme… Que no soy una niña, ¿eh?

Me acerqué acelerando el paso y protestando en voz baja. Este hombre siempre igual, tratándome como a una niña. Pero si ya soy una mujer de veintiocho años… Lógicamente, a esta edad me da vergüenza que me llamen por mi nombre a voces en plena calle.

—Es que tardabas en llegar. Pensaba si no te habrías perdido y me preocupaba.

—Pero eso no es motivo para estar esperando fuera de la tienda. Para empezar, ya he venido docenas de veces. ¿Cómo iba a perderme?

—Bueno, sí, eso es cierto. Pero es que como a veces se te va un poco la cabeza, pues claro...

Furiosa ante el comentario, le respondí como una centella.

—Eso será a ti. ¿Por qué no pruebas a mirarte al espejo? Te encontrarás con que te devuelve la mirada un vejete alelado y sin fuerzas, que no es otro que tú.

Su nombre es Morisaki Satoru. Es mi tío por parte de madre y su profesión consiste en dirigir esta librería Morisaki en calidad de propietario de tercera generación. En realidad, la primera librería que hizo construir su bisabuelo en la era Taisho* ya ha desaparecido y el establecimiento que la aloja hoy es un edificio de hace unos cuarenta años.

El tío Satoru, empezando por su aspecto, produce la impresión de ser una persona bastante rara. Siempre se viste con ropas desgastadas, calza unas sandalias a la antigua y lleva el pelo tan revuelto que se diría que no ha pasado nunca por la peluquería. Encima, no solo dice cosas estrambóticas sino que, como los niños, suelta tal cual lo que le pasa por la cabeza. En suma, que es un sujeto bastante indomable. Aun así, curiosamente, en este barrio un tanto especial que es Jinbocho, por lo visto ese aire y esa personalidad tan extravagantes ejercen un influjo beneficioso, ya que en general cae bien y resulta bastante difícil encontrar a alguien que no se trate con él.

La librería Morisaki de mi tío es una construcción de madera a la antigua, de dos pisos, un lugar vetusto al que el calificativo de «librería de viejo» le viene que ni pintado. Además, el interior es angosto y como mucho pueden entrar cinco personas a la vez. Por si fuera poco, hay tantos libros

---

* N. del T.: Periodo de la cronología japonesa que va de julio de 1912 a diciembre de 1926.

que no solo ocupan las baldas de las estanterías, sino que también hay volúmenes encima de cada fila o sobre el tope, o colocados en el suelo arrimados contra la pared o detrás del mostrador de venta, formando un conglomerado tal que en todo el establecimiento flota ese olor a moho tan característico de los libros viejos.

En general, los libros que se venden aquí son ejemplares baratos, con un precio entre los cien y los quinientos yenes, pero también hay algunos volúmenes valiosos, como primeras ediciones de obras de autores de renombre. Comparado con los tiempos del abuelo, el número de gente que busca libros de segunda mano ha disminuido y, según escuché más de una vez, el negocio ha pasado por momentos difíciles. Pero aun así, el hecho de que pueda continuar su actividad a día de hoy es gracias a que muchos clientes siguen apreciando esta librería y acuden regularmente a comprar.

La primera vez que vine a este establecimiento fue hace ya tres años. En aquel entonces, mi tío me dejó vivir en una habitación vacía del segundo piso de la librería e incluso me dijo: «Puedes quedarte todo el tiempo que quieras».

Todavía hoy recuerdo con total claridad los días en que mi vida transcurrió aquí. Visto desde ahora, el motivo fue un asunto sin mayor importancia, pero lo cierto es que en esa época me encontraba en un estado de continua irritación y me dedicaba a pagarlo con todo el que tuviera delante. Al principio fue mi tío el blanco de mi estado de ánimo, y yo, sintiéndome como la protagonista de algún drama, me encerraba en la habitación a solas y me pasaba el día llorando. Pero a pesar de ese comportamiento, mi tío continuaba dirigiéndome la palabra con enorme paciencia y frases amables, una y otra vez. Me decía cosas como que la lectura era una experiencia estimulante que me haría vibrar de emoción o que mirar cara a cara mis propios sentimientos era algo muy importante para salir adelante en la vida. Ponía toda su energía en enseñarme este tipo de cosas.

Ni que decir tiene que también fue mi tío quien me enseñó todo lo relativo al barrio de Jinbocho. Cuando vine por primera vez me quedé sumida en un profundo asombro al ver una calle donde, una puerta tras otra, la inmensa mayoría de las edificaciones eran librerías.

—Este barrio siempre ha sido muy querido por los literatos de todas las épocas y esta es la calle con mayor concentración de librerías del mundo.

Mi tío, curiosamente, me dijo esto no solo con orgullo, sino como si en cierto modo estuviera presumiendo acerca de sí mismo.

A decir verdad, en aquel momento no comprendí en absoluto en dónde podría residir el motivo de semejante orgullo. Pero ahora, con todo lo vivido desde aquel día, entiendo ya muy bien lo que quiso decir mi tío. Efectivamente, este barrio es único en el mundo, un lugar estimulante que rebosa de atractivos.

—¡Eh, vosotros! ¿Pero qué estáis haciendo ahí?

Mi tío y yo continuábamos discutiendo sin parar delante de la tienda cuando un vozarrón salió del interior. Al girarnos en esa dirección, vimos a una mujer con el pelo corto y bien arreglado que, sentada tras el mostrador, nos miraba con rostro malhumorado. Era Momoko.

—¿Qué hacéis ahí perdiendo el tiempo? Pasad dentro de una vez.

Con ademán impaciente, nos hacía gestos con la mano para que entrásemos. No le debía hacer ninguna gracia que ella fuese la única que estuviera sola esperando allí.

Momoko es la esposa del tío Satoru. Tiene un carácter sencillo y directo, como un tronco de bambú cortado limpiamente de un tajo. No había grandes diferencias ni en aspecto ni en edad con el tío Satoru y sin embargo ella daba la impresión de ser mucho más joven. Ante una mujer así, hasta el tío Satoru era incapaz de sacar los colmillos, y he visto infinidad de veces cómo se vuelve tan dócil como un perrito faldero. De hecho, ver a mi tío en ese estado es una situación que solo se da cuando está junto a ella.

En realidad, debido a ciertas circunstancias, Momoko se separó de mi tío hace unos cinco años y estuvo viviendo así durante largo tiempo, pero hará un mes regresó sin mayor problema. Desde entonces, el manejo de la librería lo llevan entre mi tío y ella.

—Bueno, Takako-chan, ¿qué tal te va? —me dijo Momoko con una sonrisa de simpatía.

Como de costumbre, sabía mantener el cuerpo en una postura admirablemente correcta y, gracias a eso, aunque fuera vestida solo con un sencillo jersey y una falda larga, transmitía un aire de distinción. Por lo que a la personalidad respecta, no creo que me gustase tener su vigorosa vehemencia, pero sí que envidio un poco su elegante presencia.

—Bien, sin nada en particular. El trabajo también va sobre ruedas. ¿Y tú, Momoko?

—Yo, pues bien sana, como puedes ver.

La mujer alzó los brazos y los dobló para sacar músculo, imitando la pose de Popeye el marino.

—Ya veo. Entonces no me preocupo. Me alegro mucho.

Su actitud me descargó las preocupaciones. Hace unos años Momoko sufrió una dolencia grave y todavía continuaba en observación sobre la evolución del pronóstico. El tío también se preocupaba por la salud de Momoko, pero lo demostraba con exceso, hasta el punto de que, por el contrario, resultaba cargante a ojos de ella.

—Hay pastelillos *daifuku* de judías y arroz, ¿te apetecen?

—Ah, pues sí, me tomaría uno.

Al ver que la mujer se metía en la trastienda, el tío me susurró:

—Cuando Momoko está en la librería, me siento asfixiado sin remedio. Es mucho más cómodo estar solo.

—Pero si te quedaras realmente solo, la echarías de menos, ¿no? —le respondí para hacerle rabiar.

Ante eso, el tío contratacó tomándoselo en serio, como los niños.

—No digas tonterías. De entrada, con esa todo el día sentada en el mostrador, ¿dónde me meto yo? Últimamente me paso el día entrando y saliendo de la tienda, como si fuera un perro guardián.

—Ah, entonces, ¿no será por eso que estabas esperándome fuera?

—Lo dejo a tu imaginación —dijo con semblante serio y un tanto lastimero.

Entonces, como cuchicheando, cambió de tema y añadió:

—Bueno, dejemos eso. Verás…

—¿Qué?

—En la última subasta conseguí un artículo bastante bueno. Todavía no lo he sacado a la venta pero, haciendo una excepción, te lo podría mostrar antes.

A pesar de sus palabras, en realidad se moría de ganas por enseñármelo. Pero no pude evitar verme arrastrada por su entusiasmo y me sentí presa de la expectación. Creo que quizá sea algo de familia, que llevamos en la sangre. El hecho de que todavía hoy en los días libres me acerque cada dos por tres a esta librería es, entre otras cosas, porque espero ese tipo de novedades.

—¡Sí, quiero verlo!

Sin darme cuenta, levanté bastante la voz.

—Pero ¿qué hacéis? Precisamente ahora que voy a servir el té.

Momoko apareció con una tetera en la mano y nos miró con expresión de hastío.

—Esto es una librería. Lo natural es ver libros. ¿Verdad, Takako?

El tío habló con firmeza.

—¡Sí! Eso es, eso es.

Mostré mi acuerdo con él mientras me reía. Momoko nos miró con reprobación y farfulló:

—Sois odiosos, los dos.

Así es la librería que adoro. La librería Morisaki.

Desde aquellos días, este establecimiento se ha convertido en una parte inseparable de mi vida cotidiana. Y, aunque cada una de ellas sean poca cosa, es una librería repleta de pequeñas historias. Seguramente por eso continúo viniendo aquí una y otra vez.

Capítulo dos

La librería Morisaki se precia de estar especializada en la literatura de la Modernidad japonesa. También se puede encontrar algo de novela contemporánea, pero en ese caso los volúmenes se encuentran todos reunidos en la mesa con ruedecillas de «todo a cien yenes» que se coloca a la entrada de la librería. Los volúmenes del interior del establecimiento, por principio, son todos novelas publicadas desde la era Meiji hasta las primeras décadas de la era Showa*. Por eso mismo, el interior de la librería está saturado de un olor a moho húmedo, pero bueno, eso es inevitable.

Quizá porque el negocio trata con ese tipo especial de libros, entre sus clientes hay muchos individuos un tanto extravagantes, de marcada personalidad.

Ahora ya estoy por completo acostumbrada, pero al principio también yo me sentía muchas veces desconcertada. No es que me resultara difícil tratar con ese tipo de clientes. Más bien todo lo contrario, puesto que casi siempre son personas que no causan el menor problema. Lo único que pasa es que son «raros», solo eso. A menudo son gente de pocas palabras que parecen buscar los libros en estado de

---

* Periodo de la cronología japonesa que va de diciembre de 1926 a enero de 1989.

17

trance y, al terminar, se marchan. Ciertamente, la gran mayoría son hombres de avanzada edad y todos sin excepción vienen solos. Debido a que resulta del todo imposible imaginar qué tipo de vida llevan, emanan una aureola tal que si alguien dijera que en realidad no se trata de seres humanos sino de trasgos inofensivos o de algún otro tipo de seres sobrenaturales, extrañamente, quizá no me sorprendería demasiado.

Cuando en días como este vengo a entretenerme un tiempo en la librería, me asalta un inusitado interés por preguntarme si ese o aquel cliente de entonces andará bien de salud. Aun cuando no mantuviera ningún trato especial con ellos, me digo «ojalá se encuentre bien». En mi calidad de persona a quien le gusta la misma librería, siento hacia ellos una especie de afinidad, y como muchos son ancianos, me preocupan cosas como que hayan podido caer enfermos.

Por eso, cuando estoy echando una mano en la librería y llega uno de esos clientes peculiares que conozco, en el fondo de mi corazón me digo con secreto alivio «ah, parece que sigue bien de salud».

Uno de los personajes que más ocupa mis pensamientos es un anciano cargado de bolsas grandes de papel que venía en los tiempos en que yo vivía en el segundo piso de la librería y trabajaba en ella a diario.

«El anciano de las bolsas de papel», tal y como indica su apodo, venía siempre trayendo una vieja bolsa de papel en cada mano. Podían ser bolsas de las que dan en los grandes almacenes o también de las que llevan la marca de alguna importante cadena de librerías, como Sanseido. Por lo visto, antes de entrar aquí pasa por otras librerías, porque casi siempre tiene ya bastantes libros de segunda mano metidos en las bolsas.

Sus brazos son flacos, por lo que la carga debe resultarle bastante pesada. Y siempre viste camisa con un jersey gris por encima. Si solamente se tratara de eso, no produciría una impresión demasiado rara, pero el problema está en ese jersey gris. Y es que decir que estaba un tanto deshilachado es quedarse corto, porque su estado era tan lamentable que más bien era un milagro que pudiera usarlo para vestirse. El anciano en cuestión no daba la menor impresión de suciedad, e incluso podría calificársele de pulcro, pero ese jersey suyo estaba en una condición tan increíble que parecía haber sido encontrado en una excavación arqueológica.

La primera vez que lo vi me causó un impacto tremendo. De vez en cuando dirigía vistazos disimulados a ese hombre que se movía escogiendo libros mientras le gritaba mentalmente «caballero, en lugar de libros tiene usted que comprar ropa» y poco me faltó para decírselo. Pero el anciano no daba muestras de advertir mis pensamientos, y tras comprar unos diez libros los metió en sus bolsas de papel y se marchó sin pronunciar palabra.

Desde entonces, cada vez que el hombre volvía, me veía incapaz de apartar la vista de él. En ocasiones venía varias veces por semana y en cambio podía pasar un mes sin que apareciera. Pero siempre vestía la misma ropa. Con una bolsa de papel en cada mano y libros dentro. Aunque no era algo frecuente, podía llegar a gastar solo en nuestra librería más de diez o veinte mil yenes. Sin embargo, su jersey lucía cada vez más ajado. No podía evitar preguntarme qué clase de persona sería, pero me faltaba valor para dirigirle la palabra, así que me quedaba en silencio mirando su figura vuelta de espaldas mientras se marchaba.

En cierta ocasión le pregunté a mi tío:

—Ese hombre que compra tal cantidad de libros, ¿no será que tiene una librería de segunda mano en otro barrio o ciudad y luego los revende?

—Nada de eso, los compra para leerlos él —me contestó con absoluta seguridad.

—Vaya... Imagino que lo notas por el tiempo que llevas en el oficio, ¿no?

—Claro, ¿cómo no? Esas cosas te las dice la experiencia.

¿Será verdad? Yo soy incapaz de ver la diferencia. Por cierto, mi tío dice que es capaz de juzgar de un solo vistazo si un cliente nuevo que entra en la librería realmente quiere comprar o está dejando correr el tiempo en medio de un paseo. Al parecer es un sexto sentido que se pule con la experiencia.

Muerta de curiosidad, seguí preguntando.

—Pues entonces, ¿a qué crees que se dedica ese anciano? ¿No intuyes también esas cosas? No creo que no se compre ropa porque invierte todo el dinero en libros, ¿verdad?

De pronto mi tío se enfadó y contestó como quien reprende a un niño.

—¡Calla! No debes andar intentando averiguar cosas de los clientes. Una librería es un lugar que vende libros a la gente que los necesita. Nosotros no debemos preguntarnos a qué se dedica tal o cual cliente o qué forma de vida lleva. Además, si un cliente como ese anciano notase que estamos tratando de indagar acerca de ello, no le sentaría nada bien.

Puesto que las palabras de mi tío eran la impecable opinión de alguien cuyo principal interés era el negocio, me arrepentí de mi comentario. Aunque por lo general dijera bobadas, se notaba que se tomaba muy en serio su trabajo de librero y, como es natural dada su experiencia, cuando tenía que ser estricto en algo, hablaba sin rodeos. En momentos como ese, mi tío resultaba fascinante.

Bueno, sea como fuere, el caso es que todo lo relativo a la identidad de aquel anciano continuó siendo un misterio.

✑

Los motivos por lo que este tipo de clientes peculiares buscan libros pueden nacer también de la característica personalidad de cada uno. La verdad es que eso también constituye un campo de profundo interés y resulta sorprendente que en el mero hecho de adquirir un libro de segunda mano puedan influir factores tan diversos.

Por ejemplo, hay quienes acuden llevados por el objetivo en sí mismo de reunir libros muy difíciles de encontrar, y no les importa si son occidentales u orientales ni tampoco el género, sino que son simplemente coleccionistas de ejemplares raros. Cuando cierto coleccionista de libros famoso entró en esta librería, parece que quedó insatisfecho con nuestro repertorio y tras soltarnos que «por muy buen libro de que se trate, si no es una rareza, para mí es igual que un bodrio», se marchó dejándonos boquiabiertos.

Luego están los llamados *sedori**, que buscan libros valiosos a precio bajo y luego los revenden por un importe mayor a otra librería para obtener un beneficio. Es decir, gente cuyo negocio es comprar libros de segunda mano. También para este tipo de personas la calidad de la obra en cuestión es lo de menos y, de hecho, probablemente ni la han leído ni lo harán. Aparte, están aquellos a que no les interesa la novela en sí, sino

---

* N. del T.: La traducción literal sería «ganamárgenes».

las ilustraciones que realizó para ella algún dibujante poco conocido y, basándose en alguna información fragmentaria, se afanan en localizar alguna. Otro tipo de clientes son los que quieren llenar la estantería únicamente con primeras ediciones, y aunque se trate de un libro que les interesa, no lo compran hasta que no encuentran esa primera publicación.

Y luego, ya como campeón, cierto anciano que vino solo una vez, en los tiempos en que yo vivía en la librería.

Aquel anciano entró en la librería al atardecer, como por casualidad; fue directo a la estantería del fondo, donde están los libros de mayor valor, y comenzó a sacar uno tras otro. Entonces, los abría por la página de los créditos (es decir, la última) y, tras haber visto solo esa página, los iba devolviendo a su sitio para tomar el siguiente. Así, de vez en cuando sus dedos se congelaban, se quedaba mirando fijamente la página en cuestión, movía la cabeza un par de veces asintiendo con un sonido nasal aprobador y sonreía. Para ser sinceros, ese hombre me pareció bastante inquietante.

Pasado un tiempo, una vez que el anciano terminó de examinar todos los volúmenes que había en aquella estantería, se dio media vuelta y salió del establecimiento sin mediar palabra. Tiré de la manga a mi tío, que se encontraba a mi lado, y le pregunté:

—¿Qué demonios estaba haciendo ese hombre?

—Ah, ¿ese? Solo estaba mirando los sellos de inspección —contestó él como si fuese lo más natural del mundo y sin apartar los ojos del cuaderno de cuentas.

»Es un coleccionista de sellos de inspección. Aquí entra muy raras veces, pero es bastante conocido en el barrio. Se llama Nozaki, si no recuerdo mal.

—Coleccionista de sellos de inspección…

Ladeé la cabeza ante aquel término que no había escuchado nunca.

—Eso es. Verás, los sellos de inspección son unas marcas que se ponen en la página de los créditos.

Mi tío extrajo un volumen de encuadernación muy antigua y me mostró la última página. Era *Indigno de ser humano*, de Dazai Osamu. Entonces me fijé que cerca de la esquina izquierda de esa página había un sello de color rojo que rezaba «Dazai». A mi lado, el tío me explicó que en los libros antiguos, cuyo trabajo de confección era preeminentemente manual, por lo general el autor ponía su sello personal en una pequeña etiqueta como muestra de que había comprobado el número de ejemplares impresos y daba su autorización para la publicación. Lo más normal era que, como en este caso, el sello indicase el apellido del autor, pero al parecer existían algunos de trabajado diseño, con dibujos.

En resumen, que por lo visto lo que le interesaba al anciano de antes eran estas minúsculas etiquetas. Las personas como yo, si no nos explican esas cosas como acababa de hacer mi tío, ni siquiera nos fijaríamos en esos sellos ni les daríamos importancia. Pero ¿de qué sirve interesarse por ello? No creo que la gente como ese hombre se dedique a recortarlos y guardarlos en un álbum igual que si fueran sellos de correos y todas las noches los contemple mientras se le escapa una sonrisita de satisfacción. ¿O quizá sí?

Mi tío, con expresión indiferente, volvió a sacarme de dudas.

—No, no se trata de eso. Más bien, creo que como no quieren recortar las etiquetas, coleccionan los libros enteros.

—Me parece ya el colmo del coleccionismo...

Así que igual que en este mundo hay gente cuya afición es la observación de los astros y su cuerpo vibra de emoción al contemplar el firmamento, hay otro tipo cuyo interés es coleccionar esas minúsculas y raras etiquetas llamadas «sellos de inspección», tan incómodas de conservar... Me quedé boquiabierta.

—Uy, uy, uy... Me parece que para tu poco acostumbrada mente ha sido una impresión demasiado fuerte.

El tío me echó una mirada de reojo y soltó una risita al ver mi desconcierto.

∞

—¿Qué hay? Con permissoo...

Sabu, un habitual del negocio, irrumpió con tan brioso saludo y, tras asomar primero la cabeza, entró para luego cerrar la puerta ruidosamente con la mano sin volverse. Acto seguido, comenzó a decir cosas sin demasiado sentido.

—Qué buen tiempo hace hoy, ¿eh? Dan ganas de leer algo de Takii Kosaku.

Después, como lo más natural del mundo, se dejó caer sobre la silla colocada delante del mostrador. El tío Satoru, como ya estaba acostumbrado, comenzó a preparar té.

—¿Qué, te tomas un té?

De entre todos los clientes habituales de la librería Morisaki, Sabu es, probablemente, el más frecuente. Pero, a pesar de ello, eso no significa que haga una gran contribución a las ventas de la tienda. Solo que es el que viene con mayor frecuencia. El tipo de cliente que prácticamente se limita a mirar. Tiene aspecto de buena persona, es bajo y regordete y no sabría precisar su edad, pero debe andar por los cincuenta y tantos. Aparte de las zonas parietales, su cabeza está totalmente calva, hecho que a veces el propio interesado utiliza como material para sus chistes.

—¿Eh? ¿No está hoy Momoko-san? —preguntó Sabu al tío mientras recorría la librería con la mirada.

Momoko es muy popular entre los clientes habituales masculinos de cierta edad. Al parecer a ellos les gusta que sepa escuchar y que diga las cosas sin rodeos, por lo que se gana su corazón. Debido a ello, últimamente se produce el anormal fenómeno de que estén aumentando los clientes que acuden a la librería con el principal objetivo de verla. Sabu, por supuesto, es uno de ellos y Momoko sabe controlarlo hablándole de manera que se vaya contento.

—Esa anda ahora en el restaurante de ahí —contestó el tío con una sonrisa amarga mientras hacía un gesto con la barbilla señalando hacia la puerta.

Al instante Sabu pareció desinflarse.

—Vaya hombre, qué pena.

Desde hace un tiempo Momoko ha empezado a echar una mano al atardecer en una pequeña casa de comidas que está a apenas diez pasos de la librería. Uno de los cocineros dejó el trabajo de repente y el apurado propietario enseguida pensó en Momoko por dársele bien la cocina y por su buena mano para tratar con los clientes. No sé si sería verdad o no, pero según Momoko el local tenía ahora muchísimos más clientes que antes. Cuando le comenté que me preocupaba un poco que su salud pudiera aguantar un trabajo con bastante más trajín que el de la librería, se rio de mi inquietud.

—Bah, pero si eso no es nada. Lo que pasa es que Satoru y tú siempre os preocupáis demasiado por todo.

Viendo que Sabu no tenía aspecto de hacerme el menor caso, decidí saludarle por mi cuenta.

—Buenas tardes.

—Ah, Takako-chan, no te había visto…

Sabu me miró como si efectivamente se hubiera dado cuenta por primera vez de mi presencia, a pesar de que en todo momento estuve dentro de su campo de visión. Desde que Momoko volvió a trabajar en la librería, la actitud de Sabu hacia mí cambió de un modo descarado. Antes parecía encantado conmigo e incluso a veces me ponía en una situación incómoda con comentarios del tipo de «anda, hazme el favor de casarte con mi hijo».

—He venido hoy para echar una mano.

—Ya, echar una mano. Los jóvenes de hoy pasan el día por ahí, deambulando de un lado a otro. ¿Tú tienes un trabajo como es debido?

—Qué grosero. Lo que pasa es que yo trabajo en un sitio donde es fácil pedir descanso en días laborables.

El tono de mi respuesta denotaba la irritación que sentía, pero él soltó una risita. Sabu es así, aunque sea buena persona es un impertinente.

Pero, por otra parte, Sabu es un buen conocedor de las incidencias que suceden por estos lares y además suele presumir de ello. Por eso cuando viene empieza a preguntarle a mi tío cosas sobre los clientes regulares de la librería Morisaki. Son charlas como esta:

—¿Qué tal le va últimamente al abuelillo de Takigawa?

—Ah, pues hace tiempo que no viene. Y eso que antes siempre se lo veía una vez cada dos semanas.

—Esperemos que no esté enfermo o algo por el estilo.

—Si aparece de pronto por aquí será un alivio, desde luego.

—¿Y el maestro Kurisu? Ese hombre desgrava el importe de los libros en concepto de material de investigación, ¿verdad? Menudo listillo.

—Kurisu sí que vino hace un par de días.

—¿Y qué es el del viejo Yamamoto? La última vez que le vi no paraba de presumir de que ya había alcanzado la cifra de cincuenta mil libros en casa y me dio mucha envidia. Aunque, bueno, seguro que exageraba.

Y siempre, sin falta, la conversación acaba así.

—El caso es que los años pasan para todos. Esta librería mismo, si no vienen clientes nuevos, no podrá continuar mucho tiempo.

—Pues sí, tienes toda la razón.

Y después, sin que se sepa muy bien dónde está la gracia, mi tío y él se echan a reír. Esta pareja repite siempre el mismo teatro. Me parece incomprensible que no se cansen de una vez.

Ahora bien, por lo que a Sabu respecta, hace tiempo que en secreto me pregunto algunas cosas acerca de él. Este hombre, ¿de dónde ha salido?

Yo únicamente veo que anda presumiendo de ser buen conocedor de todo lo que pasa en el barrio y que no se trata solo de la librería Morisaki sino que, ya sea por la mañana o por la tarde, se topa una con él por todos los rincones de Jinbocho. Siempre parece estar ocioso y una sola vez le he visto con aire de andar ocupado. Por añadidura, aunque siempre sean ejemplares de bajo coste, compra una buena cantidad de libros desde hace años. Si vive en una casa enorme, bien, pero si no es así, ¿dónde demonios guarda toda esa cantidad de libros? No menos extraño resulta el hecho de que esté casado con una bella mujer a quien le sienta muy bien vestir de kimono. Y entonces, de manera natural, surge la principal pregunta: ¿a qué trabajo se dedica Sabu? Cuanto más lo pienso, más me parece que este personaje es el más misterioso de todos.

A estas alturas, básicamente, Sabu ya ha dejado de ser tratado como un cliente. Por eso pensé que si preguntara acerca de él, lo más seguro sería que mi tío no se enfadara. Así que decidí terciar en la conversación que mantenían desde hacía un rato mientras sorbían su té.

—Sabu-san, ¿puedo interrumpir un momento?

—¿Qué te pasa que preguntas de una manera tan formal?

—Verá... es que quería saber en qué trabaja usted. Antes dijo que si los jóvenes andábamos deambulando por ahí de un lado a otro y tal, pero ¿acaso eso no se aplicaría mejor a usted mismo?

Sabu, como si llevara tiempo esperando que yo le preguntara eso, alzó las comisuras de los labios en una mueca sardónica imitando a los detectives de las novelas policíacas americanas. Me sacó de quicio.

—Te gustaría saberlo, ¿eh?

Sentado en la silla que tenía enfrente, inclinó el cuerpo acercándose a mi rostro. Mi irritación aumentó todavía más.

—Sí.

Mientras que por un lado ya me estaba arrepintiendo de haber sacado el tema, por otro asentí tal como él deseaba. Cuando se trata con Sabu es frecuente verse en este tipo de situaciones incómodas.

—¿Lo quieres saber de todas maneras?

—No, bueno, tampoco hasta ese punto.

—Vaya... Qué respuesta tan desconsiderada.

—Bien, vale, de acuerdo. Sí, sí, me muero de ganas por saberlo. Si no me lo cuenta, seguramente esta noche no podré conciliar el sueño. ¿Le parece bien así?

—¿De verdad?

—Sí, sí, quiero saberlo, quiero saberlo. Bueno, y entonces, ¿a qué se dedica usted?

Harta ya del asunto, repetí la pregunta y Sabu, con rostro de satisfacción, asintió y, manteniendo el rostro cerca de mí, contestó como en un susurro:

—Pues-no-te-lo-voy-a-de-cir.

Abrí y cerré la boca un par de veces como un pececillo de colores. Al verlo, el otro se rio a carcajadas mientras se sujetaba la barriga con ambas manos.

—Pero qué...

Qué tipo tan exasperante. Tomarme el pelo de esa manera...

—¡Qué forma de contestar es esa!

—Ja, ja, qué risa, qué risa.

—Este hombre... Oye, tío Satoru, ¿tú lo sabes?

—Eh, pues... si no me equivoco...

De pronto Sabu, con apariencia de estar muy apurado, comenzó a negar con la cabeza mientras detenía a mi tío.

—Calla, calla, Satoru. Es muy pronto para que Takako-chan lo sepa.

—Uy, lo siento, perdóname.

—¿Eh? Pero bueno, ¿esto qué es?

—Se dice que los hombres, cuanto más misteriosos, más atractivos, ¿no? Por eso no te lo voy a contar. Lo mejor es que te intereses tanto por mí que termines soñando con ello.

—Y un cuerno. Ya ha dejado de interesarme.

—Buf, qué mujer tan terca.

—Lo digo en serio. Ahora ya me importa un comino. No pienso volver a preguntárselo —le dije con sequedad.

—Bien, ya me he reído a gusto de Takako-chan, así que creo que va siendo hora de marcharse.

Sabu se terminó el té de un trago y salió de la librería. Y, mientras lo hacía, todavía soltaba unas risitas.

—Menos mal que se fue de una vez. Menudo sujeto… Visto lo visto, incluso mi tío tuvo que darme la razón.

—Sí, mira que es un tipo raro.

Es verdad que la mayoría de los clientes de esta librería son gente rara.

Capítulo tres

—¿Dónde está Jirō? A la hora del atardecer, de pronto mi tío comenzó a alborotarse. Dada la escasa superficie de la librería, sus gritos resonaban con bastante intensidad.

—Desde que volví de hacer unos repartos, no lo encuentro por ninguna parte.

—¿Y yo qué sé? No tengo ni idea —le contesté agriamente. Y es que, aprovechando que me había quedado sola de guardia en la librería, estaba tranquilamente disfrutando de la lectura cuando vino mi tío a destrozarme el ensueño. Mi tío tiene la mala costumbre de que cuando una está enfrascada en la lectura o haciendo lo que sea, viene a interrumpir sin ningún recato. Es un hombre que no tiene la menor consideración hacia los demás.

El tiempo que paso en la librería Morisaki siempre es agradable, pero en momentos como este mi tío se vuelve tan cargante que es como si ensuciara una joya. En los tiempos en que yo vivía aquí, él acudía regularmente al hospital para cuidarse de los dolores lumbares, por lo que el tiempo que pasábamos juntos no era demasiado. Sin embargo, ahora casi siempre está en la librería el mismo tiempo que yo. Entonces, me toca estar continuamente hablando con él. Ciertamente, puesto que esta es su propia librería, no es justo que yo le

31

considere una molestia, pero, como es un hombre que se sulfura enseguida por las cosas más insignificantes, todos los días sin excepción sucede algo que le hace alborotarse de esta manera.

—¡Estoy seguro de que cuando salí de la librería estaba aquí!

Mi tío comenzó a dar vueltas por la librería armando una escandalera e incluso me levantó de mi asiento detrás del mostrador para buscar alrededor con todo afán.

—¿Pero no te digo que no tengo ni idea? Lo habrás dejado olvidado por ahí.

— Para mí, Jirō es ahora lo más importante que tengo después de mi vida. ¿Cómo iba a dejarlo por ahí?

El tío andaba por toda la librería medio histérico soltando ese tipo de cosas cuando de pronto exclamó «¡aah!» y salió disparado hacia el segundo piso como una flecha. El ruido que armaba revolviéndolo todo llegaba hasta abajo.

—Ha sido esa Momoko.

Unos momentos después regresó bajando la escalera con sonoros pisotones y llevando abrazado sobre el pecho un cojín color marrón. Nunca he visto ningún otro adulto que arme un escándalo semejante por un cojín.

Últimamente mi tío se queja no solo de dolores lumbares sino que al parecer ha desarrollado una fístula anal (*jirō*) y por eso estar largo tiempo sentado en una silla le supone una tortura. Sin embargo, el trabajo de atención de una librería de segunda mano consiste en su mayor parte en estar sentado en una silla esperando que los clientes se acerquen al mostrador. Si no es así, no se puede trabajar. Entonces, lo que solucionó el problema fue un cojín que tiene hueca la parte central, es decir, con forma de dónut.

Por lo que se ve, ese cojín alivia en gran medida el sufrimiento y de esa manera mi tío terminó por depositar una confianza absoluta en él. Y puesto que sirve para aliviar el *jirō*, le puso el nombre de Jirō al cojín. Y no era que lo hiciera como una broma, porque para mi tío el asunto era serio, muy serio.

—Vale, vamos allá.

Mi tío colocó el cojín sobre la silla y, moviéndose con una cautela que parecía la de los artificieros de alguna película de acción, se sentó sobre él. Incluso mientras hacía esto, no se olvidaba de proseguir en voz baja con sus farfulleos, maldiciendo a Momoko. Al parecer, cuando mi tío salió a repartir unos pedidos, ella puso el cojín en el balcón para que se orease y luego se marchó a trabajar en el restaurante, sin acordarse más del asunto. De ahí el enfado de mi tío con ella.

—Bueno, al menos lo encontraste.

Ahora que el tío Satoru se había tranquilizado por haber pasado el peligro, me sentí obligada a decirle algo.

—Cuando te haces viejo, empieza a fallarte el cuerpo por todas partes. Es terrible.

—No digas esas cosas de viejos.

—Es que en realidad soy un viejo —replicó con aire de perro lastimero.

—Pero, tío, si todavía no has cumplido los cincuenta —le dije, pasmada.

Me gustaría que no se dejase abatir por un asunto como la fístula y que recuperase los ánimos.

—Todavía eres joven. Los verdaderos ancianos son gente muchísimo mayor.

—En cualquier caso, esta dolencia es insoportable.

Como quien sienta cátedra, mi tío añadió:

—Las molestias que causa una fístula anal solo las podemos comprender quienes la sufrimos.

Ciertamente, dentro de lo que son las enfermedades hemorroidales, la fístula anal tiene fama de ser de las más dolorosas, por lo que imagino que debe ser una molestia terrible. Sin embargo, en boca de mi tío todo termina por sonar gracioso.

—Ya lo tengo. ¿Compramos uno de estos también para ti?

—No me hace falta. Por el momento yo no tengo ninguna fístula —le contesté, desabrida.

Ya me estaba empezando a cansar de hablar con él, así que decidí dejar de seguirle la corriente. No sé qué pretendía con esa idea de comprar también un cojín para mí. ¿Acaso le querría poner el nombre de Saburō*? Mi tío tiene cada dos por tres ese tipo de ideas fijas obsesivas, que terminan por resultar de lo más fastidiosas. Por ejemplo, a la hora de preparar curry en casa, este hombre a punto de cumplir los cincuenta insiste en que tiene que ser necesariamente el paquete de sabor menos picante. Un día que Momoko se despistó y compró el de sabor intermedio, se puso de un tremendo malhumor y comió sin decir una palabra. Por decirlo en palabras de Momoko, «en esos momentos es tan cargante que dan ganas de darle una buena patada en el culo», y no puedo menos que estar totalmente de acuerdo con ella.

En fin, en cualquier caso, ya tiene a su Jirō y con esto es de suponer que se quedará tranquilo un rato. Aliviada por el desenlace, me dispuse a sumergirme de nuevo en el mundo de la novela.

---

* N. del T.: Aunque todavía persiste la costumbre, antes era frecuente poner nombres de los hijos a modo de enumeración. En lo que podría ser un equivalente de los romanos Primus, Secundus, etcétera, en japonés sería Ichirō, Jirō, Saburō…

Sin embargo, la ilusión me duró apenas unos segundos.

—Oye, Takako…

Silencio.

—Oye, ¿qué estás leyendo?

—Qué pesado… ¿A ti qué te importa?

Pero ya le ignorase o me enfadase, mi tío no renunciaba.

—Hmm… Así que lees a Oda Sakunosuke, ¿eh?

Se puso a mirar el ejemplar de *Meoto zenzai* (La vida cotidiana de un matrimonio) que tenía en las manos y asintió poniendo cara de entendido.

—¿Te gusta ese libro?

—Sí, claro que me gusta, ya es la segunda vez que lo leo. Bueno, ¿te has quedado a gusto? Pues no molestes, que estoy leyendo.

Sin embargo, como era de prever, mi tío no hizo el menor caso de mis palabras.

—Ese hombre también era uno de aquellos autores con un triste destino a sus espaldas…

Entrecerró los ojos como si mirase a lo lejos y continuó hablando con profundo sentimiento sin importarle lo que yo le dijera.

—Vaya, así que a ti también te gusta Oda Sakunosuke… Pero seguro que no sabes nada todavía de la vida de ese hombre. Ah, y eso es toda una lástima.

Habiendo llegado las cosas hasta aquí, ya era tarde para actuar. Saltaba a la vista que se moría de ganas por contar su historia. Era totalmente seguro que no me iba a soltar hasta que no hubiera terminado de relatar lo que fuese.

Mi tío conocía al detalle no solo esta novela sino también la vida de su autor, hasta un punto nada ordinario. Satoru era un hombre que, cuando había un autor que le gustaba, disfrutaba más leyendo su biografía o autobiografía, sus memorias o sus cartas, que con las tres comidas diarias. Esto ya no tenía nada que ver con su papel de gestor de una librería de segunda mano, sino que era por completo su propia afición. Mi tío amaba los libros hasta el punto de que eso incluía el deseo de conocer qué tipo de vida llevaron sus autores, por qué incidencias atravesaron, qué amores tuvieron o de qué manera dejaron este mundo. Tengo que reconocer que, en sí mismo, eso me parece algo maravilloso. Pero la cuestión es que mi tío disfrutaba contando eso a terceros como si realmente lo hubiera vivido. Así, de esa manera, he tenido que escuchar todo tipo de detalles acerca de la vida de escritores como Dazai Osamu, Fukumoto Takehiko, Satō Haruo y un montón más. Por supuesto que resulta muy interesante conocer cómo fue la vida de una serie de autores cuyo nombre ha pasado a la posteridad. Sin embargo, yo también tengo mis circunstancias. Por ejemplo, hay veces que no me apetece escuchar nada. Pero mi tío es alguien a quien no le importan las circunstancias de los demás, y una vez que ha encendido el interruptor comienzan a brillarle los ojillos tras el cristal de las gafas y se lanza a hablar hasta quedarse satisfecho.

Así que emití un suspiro exageradamente fuerte (que no era que fuera a servir para nada) y, dándome por vencida, cerré el libro. Ya había perdido la posibilidad de dedicarme a la lectura. No quedaba más remedio. Pues nada, aprovechemos para escuchar la historia, ¿por qué no?

—¿Sakunosuke cargaba con un triste destino a sus espaldas?

—Efectivamente, así es.

—Viendo su estilo de escritura, la verdad es que a veces da un poco esa impresión, sí.

—Es que muchas de sus obras están basadas en experiencias propias.

Mi tío asintió con la cabeza reflejando en su rostro la gran satisfacción que le daba que hubiera cedido ante sus planes.

Entonces, Satoru comenzó a relatar apasionadamente la vida de Sakunosuke.

A juzgar por lo que decía mi tío, ciertamente la vida del escritor fue un encadenamiento de penalidades. En sus tiempos de estudiante sufrió de tuberculosis y su paso por la universidad tuvo no pocos episodios desafortunados, por lo que dejó la carrera sin terminar. Se enamoró perdidamente de una mujer llamada Kazue que trabajaba en un café y se casó con ella, mientras empezaba a trabajar como novelista. Pero por más que escribía, sus obras no obtenían apenas reconocimiento y durante largo tiempo vivió acompañado de la irritación que le producía una vida miserable de escasos ingresos. Finalmente vio recompensados sus esfuerzos y con novelas como *Zokushu* (Olor a vulgaridad) y *Meoto zenzai* obtuvo el reconocimiento deseado como escritor, iniciando así una feliz singladura con viento favorable en esa profesión. Sin embargo, pocos años después su querida esposa Kazue cayó enferma y, tras un tiempo de convalecencia, se fue al otro mundo dejándole solo.

Parecía la azarosa vida llena de sobresaltos del protagonista de algún drama.

—Habiendo perdido a Kazue, por lo visto Sakunosuke parecía siempre a punto de derrumbarse en un mar de lágrimas, sin importarle quién estuviera delante. Para él, Kazue era la primera persona que había amado en su vida de todo corazón y al mismo tiempo la primera que le entregó su amor. Entonces Sakunosuke, al faltarle el sostén de su corazón, comenzó a llevar una vida cada vez más desordenada y los síntomas de la tuberculosis renacieron con renovada intensidad hasta dejarle en un estado muy grave. Probablemente tuvo el presentimiento de que le faltaba poco para morir, porque cuando Kazue estaba en su lecho de muerte él le anunció con el rostro lloroso «dentro de muy pocos años acudiré a tu lado». Así que el tiempo de vida que le quedó tras la muerte de ella lo pasó entregado al alcohol y al café, buscando consuelo en otras mujeres y escribiendo novelas mientras escupía sangre.

Mi tío hablaba sin cesar, sin dudar ni un momento, como si realmente se hubiera aprendido todo de memoria. Solamente eso ya era más que suficiente como para calificarse de una habilidad especial. Oyéndole hablar, me había dejado arrastrar por completo y ahora me encontraba absorta en el relato, prestando suma atención a sus palabras.

Sakunosuke, que en su último año ya se encontraba totalmente destrozado en cuerpo y alma, empezó a recurrir al *philopon* para poder seguir escribiendo sus novelas. Su enfermedad se hallaba ya en un estado tan avanzado que, si no lo hacía así, no tenía ni fuerzas para agarrar el lápiz y su cuerpo estaba hecho una piltrafa.

—¿*Philopon*? Es un tipo de metanfetamina, ¿no?

—Así es. Ahora resultaría increíble, pero en aquella época parece que no era especialmente complicado conseguirlo en establecimientos como las farmacias. Cuentan que si se lo inyectaba, podía escribir las novelas sin dormir durante varios días seguidos.

—Guau...

Realmente en nuestros tiempos resultaría inconcebible. Por mucho que digamos que la época o las circunstancias eran muy diferentes de las actuales, qué historia tan lamentable.

—Cierto que esto no era algo exclusivo de Odasaku*, sino que había un montón de escritores que recurrían con frecuencia al *philopon*. Por ejemplo, es muy famoso el caso de Sakaguchi Ango, que al parecer era un auténtico *adipón*.

—¿*Adipón*?

Sonaba como una palabra de lo más divertida pero, en suma, significaba que...

—Eso es, un adicto al *philopon*.

Otra vez se me escapó un «guau».

El tío, por su parte, agitó la cabeza con pesar.

—Una situación de lo más desdichada. Pero aun así, en la mente de Sakunosuke nunca dejó de estar presente Kazue.

Una de sus obras maestras, un cuento corto titulado «Keiba» (Caballos de carreras), está protagonizado por un hombre que ha enviudado y que a raíz de ello comete una serie de estupideces, como gastar el dinero de su empresa en las carreras. Entonces, de la mañana a la noche, como un poseso, se dedica a apostar una vez tras otra al caballo número 1. Es porque el nombre de su fallecida esposa era Kazuyo**, por ese único motivo. No podemos saber qué ánimo embargaba a Sakunosuke a la hora de escribir esta obra, pero parece bastante claro que en esos momentos no podía apartar sus pensamientos de Kazue.

—Sí... seguro que así era.

Soy muy sensible ante esa clase de historias. Solo con imaginarme la situación del momento, me siento como si fuera algo que me afectara directamente.

---

* N. del T.: Forma abreviada de Oda Sakunosuke.

** N. del T.: El «kazu» tanto de Kazue como de Kazuyo puede significar «uno» o «primero».

—Así pues, aunque se convirtiera en un drogadicto o aunque siguiera escupiendo sangre, Sakunosuke continuó escribiendo ficción de manera obsesiva. Incluso cuando tuvo un terrible acceso de hemoptisis y le trasladaron al hospital, por lo visto armó todo un jaleo gritando «sáquenme de aquí, que tengo que seguir escribiendo novelas». Pero después de aquello, cuando se encontraba en un *ryokan**, volvió a desplomarse y ya no se recuperó nunca más. Finalmente, en 1947, a una edad tan temprana como los treinta y tres años, falleció.

—Treinta y tres años... Si hubiera estado bien de salud, todavía habría podido escribir una gran cantidad de libros... —comenté con el corazón embargado por un sentimiento de pena. ¿Qué tipo de obras habría escrito si hubiera vivido más tiempo?

—Pero quizá precisamente porque tuvo una vida tan corta, quizá porque siempre vivió con la idea de que estaba a punto de morir, es por lo que quemó toda la vida que le quedaba con el máximo de intensidad y pudo escribir aquellas novelas. Tal vez fuera algo así como la obsesión de un demonio. Visto de esta manera, hay muchos escritores que tuvieron una vida breve, pero creo que precisamente por esa brevedad de su existencia es por lo que pudieron escribir unas obras tan maravillosas. También en el caso de Oda Sakunosuke, el número de sus escritos no es muy grande, pero por ejemplo nos ha legado algunos relatos breves extraordinarios. Claro que si fue mejor así o no, es algo que solo podemos saber preguntándole al interesado en el paraíso.

---

* N. del T.: El *ryokan* es un establecimiento como las antiguas posadas, que sirve a la vez de alojamiento y de casa de comidas.

Con el culo reposando en su cojín con forma de dónut, mi tío hablaba con expresión de estar profundamente conmovido. «Ya veo». Tras murmurar este comentario, paseé la vista por los lomos de los libros que se apretaban en las estanterías.

—Pensándolo ahora una vez más, la mayoría de los autores de los libros que tenemos aquí son gente que ya no está en este mundo. Y eso produce una sensación un poco extraña, ¿verdad? A pesar de que nos quedan aquí sus obras y todavía hoy podemos leerlas y emocionarnos con ellas...

Cierto. La mayoría de los nombres que figuran en estos lomos pertenecen a gente que se ha marchado a un mundo muy alejado del nuestro. Al pensar en ello, de nuevo sentí una tristeza como si el asunto me tocase de manera personal.

—Realmente es fascinante. ¿No crees que es algo extraordinario el poder dar forma a tus pensamientos y legarlos a la posteridad? Y no se trata solo de los escritores, sino de los artistas en general. Gracias a ellos, nosotros, las personas de hoy, podemos aprender una gran cantidad de cosas de los que nos precedieron.

Sintiéndome por completo de acuerdo con las palabras de mi tío, asentí varias veces.

—Sí, realmente es tal y como dices.

Cuando quise darme cuenta, el sol ya se había puesto y el exterior que veía a través de la ventana estaba sumido en una penumbra azulada. Se acercaba la hora de cerrar. Por lo visto, a pesar de mis protestas iniciales, me había dejado llevar por la locuacidad de mi tío y había transcurrido un largo rato de conversación.

Pero bueno, al fin y al cabo tampoco ha estado mal, pensé mientras dejaba vagar mi imaginación por los entresijos de la vida de Oda Sakunosuke.

A todo esto, tengo la impresión de que en el hecho de que mi tío se afane de esa manera por conocer a fondo la vida de los escritores se oculta el deseo de aprender algo de ellos, algo que le ayude a obtener un conocimiento sobre su propia vida. He escuchado que en sus días de juventud a mi tío le asaltaban torturantes dudas sobre el sentido de su existencia. Entonces, cuando tenía veintitantos años, se dedicó a ahorrar dinero en Japón para costear un viaje y, finalmente, se echó la mochila al hombro y durante varios meses anduvo vagabundeando por el mundo entero. Cuando se le agotaba el dinero, volvía a Japón, y tras un tiempo, se repetía el proceso. En suma, eso que llaman «buscarse a sí mismo». Expresado así, con palabras, parece un tanto risible, pero, comparándolo conmigo, que todo me parece engorroso y que me cuesta emprender ninguna acción, creo que mi tío, al haber llevado a la práctica sin titubear todo aquello, es digno de admiración.

Una vez, cuando fui de visita a la casa de mi tío en Kunitachi para pasar el rato, me enseñó una foto de aquellos tiempos. Era de la época en que acababa de comenzar sus viajes y en aquella foto, con veintitantos años, se veía todavía muy joven. Como databa más o menos de la época en que yo acababa de nacer, era la primera vez que veía el rostro de mi tío de joven.

La foto estaba tomada en alguna calle congestionada de India o de Nepal (mi propio tío no recordaba bien cuál de los dos países) y en ella aparecía un hombre de pie, sin afeitar, con las mejillas caídas y con la piel totalmente oscura por exceso de sol. Sus negros ojos relucían mientras miraba a la cámara.

—Uy, pero si no pareces tú.

Mientras miraba la foto, no pude evitar una exclamación de sorpresa. Realmente el aspecto de mi tío era tan diferente, que no resultaba exagerado decir que parecía tratarse de otra persona.

—Claro, es que era muy joven. Es una foto de hace casi treinta años.

—Pero no es solo eso, es como si... no sé, como si tuvieras una expresión de ferocidad —comenté mientras miraba aquella foto detenidamente. El joven Satoru parecía estar devolviéndome la mirada con ojos decididos.

Y pensar que este joven se ha convertido ahora en un cuarentón que arma toda una escandalera porque no encuentra un cojín... Realmente nunca se sabe las vueltas que dará la vida.

—Bueno, en aquellos años tenía muchas dudas y preocupaciones, ¿sabes? Y cuando no estaba viajando, estaba leyendo libros.

Mi tío se rascaba la abundante cabellera y hacía comentarios como si se avergonzara de sus años jóvenes, soltando un «je, je, je» de vez en cuando.

También la tía Momoko, que estaba al lado, se unió a las risas.

—Por más que veo esa foto, me sigue haciendo gracia, ji, ji.

Me dijo que con todo el tiempo que pasó viajando en su vida, por increíble que pudiera parecer, esa era la única foto que tenía en la que salía él.

—Como era la primera vez que viajaba al extranjero, al principio no pude evitarlo y me hice esa foto, pero en adelante, cuando salía de viaje, ni siquiera me llevaba la cámara —dijo mi tío sin darle importancia.

—¿Eh? Pero qué desperdicio...

—Nada de eso. ¿Para qué sirve guardar fotografías?

—Pues no sé, si tú lo dices… ¿Fue también en esa época cuando conociste a la tía Momoko en París?

—Que yo recuerde, fue bastante después cuando conocí a este hombre. Entonces no tenía una pinta tan espantosa como en esta foto. Y su mirada era mucho más amable. Si Satoru hubiera andado con esta facha, ni me habría acercado a él.

—Bueno, hay que reconocer que, aun tratándose de mí mismo, la pinta es espantosa, sí.

—Tienes un aspecto como si fueras a matar a alguien.

Mis tíos hacían ese tipo de comentarios entre risas. Momoko le pellizcó una mejilla y él se dejó hacer, mientras los dos volvían a reírse a carcajadas. Momoko tiene el inexplicable vicio de pellizcar las mejillas de la gente con la que tiene confianza. Son una pareja tan divertida como extraña.

—El caso es que en aquella época no congeniaba bien con mi padre y cada dos por tres andábamos discutiendo. Bueno, lo cierto es que yo le estaba dando motivos de preocupación continuamente.

—Es que tu padre y tú sois de un carácter completamente diferente.

—Es verdad. Por completo —añadí yo.

Mi abuelo es una persona que se comporta siempre con gran severidad. Es de pocas palabras y nunca, nunca, bromea. Su entrecejo está permanentemente fruncido en una profunda arruga vertical. Considera la severidad como la forma más estética de vivir. O por lo menos, eso es lo que aparenta a menudo. Según cuenta mi madre, la primera vez que el abuelo se casó, su esposa falleció al poco tiempo por enfermedad, y cuando contrajo matrimonio con mi abuela actual, ya tenía casi cincuenta años. Lo normal es malcriar a los niños que se tienen a esas edades, pero mi abuelo no era ni mucho menos ese tipo de hombre y por lo visto tanto mi madre como mi tío de pequeños fueron criados de una manera muy estricta. También por lo que se refiere a la gestión de la librería de segunda mano, no se apartaba un milímetro de su sentido de la ética y de la estética, sin el menor atisbo de flexibilidad e incluso, según dicen, llegando a echar con cajas destempladas a los clientes que venían solo para mirar. Un comportamiento totalmente distinto al de mi tío.

—Pero, así y todo, ahora Satoru es quien corre con la librería del abuelo.

—Así es, por extraño que parezca. Espero que no me esté mirando enfadado desde el otro mundo —respondió mi tío con cierto tono humorístico.

—Seguro que estará hecho una furia. Andará gritando «este tipo no tiene ni idea de cómo llevar una librería de segunda mano» y la gente de alrededor se verá en un apuro sin saber qué contestarle.

Ante el comentario de Momoko, otra vez estallaron los dos en carcajadas.

Pero estoy segura de que no hay por qué preocuparse. Es verdad que mi tío tiene un carácter por completo diferente al del abuelo, pero sin duda en lo fundamental son iguales. Creo que no hay duda sobre ese punto.

Volví a quedarme otra vez absorta en la contemplación de aquella foto colocada sobre la mesa. El Satoru que aparecía allí, desde luego, no se parecía en nada al Satoru que yo conocía. Sus ojos transmitían ferocidad, sí, pero también confusión, y quizás incluso tristeza.

Mentalmente, dirigí unas palabras al Satoru de aquella foto.

No te preocupes. En el futuro conocerás a mucha gente de cora-
zón amable y podrás vivir sin tener esa mirada tan triste. Aunque
sufrirás de dolores lumbares y de una fístula anal, llevarás una
vida feliz en la que todos te apreciarán como el dueño de una libre-
ría de segunda mano. Así que no te preocupes, ¿eh?

Capítulo cuatro

Subol es el nombre de una cafetería que queda a solo tres minutos andando desde la librería Morisaki. Gracias sin duda a que lleva en activo desde hace cincuenta años, es un local que en este barrio conoce todo el mundo. Al parecer, antiguamente era muy visitado por los escritores que vivían en los alrededores de Jinbocho.

Es un lugar donde es posible relajar el espíritu, con el interior iluminado por apenas unas pocas lamparitas junto a sus muros de piedra y un ambiente saturado del rico aroma del café. Por lo general suele estar lleno de clientes, pero no por eso es un local ruidoso, e incluso puede decirse que el sonido de las conversaciones de la gente, mezclado con la tenue música de piano que ponen, resulta agradable al oído. Hace tres años, a finales del verano, mi tío me trajo una vez aquí y me gustó tanto el ambiente y el sabor del café del local, que desde entonces me he convertido en una clienta asidua.

El dueño del Subol es un hombre de cuarenta y muchos años con cierto aire estoico y rostro alargado. La primera impresión da un poco de miedo, pero en realidad es bastante amistoso y alguien con quien no resulta difícil hablar. Cuando se ríe, le aparecen unas arruguitas en las comisuras de los ojos que le dan aspecto de buena persona. Siempre que abro la puerta para entrar está al otro lado del mostrador tostando café y enseguida dice «adelante».

Por supuesto que también esta noche, en cuanto abrí la puerta, me dio la bienvenida con su calidez habitual.

—Hola, Takako-chan, adelante.

—Buenas noches. Hoy también va bien el negocio, ¿eh? —saludé al dueño mientras echaba una ojeada por el interior. Había todavía más clientes de lo habitual.

—Pues sí, afortunadamente. Ahora empieza la mejor temporada para las cafeterías —contestó él mientras frotaba unos vasos. Entonces me dirigió una sonrisa traviesa.

»Porque cuando hace frío, a la gente le apetece tomar un café calentito.

—Ah, ya entiendo.

La verdad es que ya sea primavera o verano, a esta cafetería siempre le va bien. Pero, aun así, es cierto que hay algo especial en tomarse un delicioso café en un día de frío. Probablemente todos los clientes que están en el local en estos momentos piensen lo mismo.

—¿Qué, te has citado aquí con alguien?

—Sí, así es.

—Vaya, vaya. Bueno, quédate el tiempo que quieras.

Sonreí e hice una ligera reverencia. La camarera se me acercó de inmediato, como si hubiera estado esperando a que terminase de hablar, y me guio hasta un asiento junto a la ventana que acababa de quedar libre.

A decir verdad, también uso esta cafetería como lugar donde quedar con mi novio, Wada-san. Como la oficina donde trabaja está por aquí cerca, es el mejor lugar para esperarle.

Cuando Wada sale tarde del trabajo o se atrasa por lo que sea, paso el tiempo aquí leyendo mientras me tomo un café.

También esta noche tengo un libro que me gusta aguardándome en el interior del bolso, así que lo saco enseguida y lo abro. Un tiempo que puedo pasar tranquilamente mientras el cuerpo me vibra de emoción, esperando a que aparezca la persona a quien quiero. Estar así, en un local que me gusta, esperando a mi amor mientras leo un libro me parece todo un lujo.

Tras unos treinta minutos enfrascada en la lectura, escuché cómo alguien daba unos golpes con los nudillos en la ventana. Wada estaba de pie al otro lado del cristal y, al cruzarse nuestras miradas, alzó la mano suavemente en un saludo. Le devolví el saludo de la misma manera y se dirigió hacia la puerta de la cafetería.

—Perdón por la espera.

Jadeaba un poco, y pensé que quizás habría apretado el paso para llegar cuanto antes. Se sentó en el asiento frente al mío. Como en su trabajo (una editorial de libros de texto y similares) daban libertad para vestir, una vez más venía con apariencia informal. Por lo general, este hombre tiene unos patrones fijos a la hora de vestir y suele ir con chaqueta acompañada de unos pantalones bien de pernera estrecha, bien rectos, de los que forman parte de un traje formal. Según él, es porque le da pereza escoger, pero lo cierto es que en su caso es lo que mejor le sienta y le da un aire *chic*. El conjunto de hoy, una sobria chaqueta negra con unos pantalones rectos de color gris, le viene que ni pintado.

—No hay de qué. He llegado solo hace un rato —le contesté sonriendo mientras cerraba el libro.

—Ah, menos mal.

Manteniendo una límpida sonrisa en el rostro, Wada permaneció con la mirada clavada en mí. Sin decir una palabra, sin dejar de mirarme. Me miraba tanto que empezaba a sentir como un cosquilleo, pero por fin me di cuenta de que su mirada no estaba apuntando hacia mí, sino hacia el libro que tenía en la mano.

—¡Vaya! Una antología de Inagaki Taruho, ¿eh? —exclamó Wada en voz baja y con admiración.

—¿Eh? ¿Cómo? Ah, sí, sí...

¿Llevamos una semana sin vernos y es lo primero que se le ocurre decir?, pensé un tanto desencantada. Pero Wada no daba ni la más mínima señal de comprender mi estado de ánimo.

—*Issen ichibyō monogatari* (Historia de mil y un segundos) está muy bien, ¿verdad?

En vista del buen humor de Wada, terminé por enmendar el mío y asentí de buen grado.

—Sí, son unas historias ideales para leer en un sitio como este. Son cortas y bonitas. Siento como si de alguna manera combinaran bien con el café.

Wada pareció entusiarmarse.

—Cierto, cierto. Ya solo los títulos de cada una son divertidos. «El relato de mi fracaso» o «El amigo que se convirtió en luna», por ejemplo.

—Sí, te hacen reír. Por eso ya es la quinta vez que me leo este libro.

Wada, como yo, es un gran amante de la lectura. En particular, le encantan las novelas japonesas antiguas, y desde que se aficionó a la lectura conoce mucho más que yo. Y, al igual que la mayoría de las personas a quienes les gusta leer, parece que tiene un gran interés por ver lo que estamos leyendo los demás, así que siempre quiere saber cuanto antes qué estoy leyendo. Si se trata de un libro que también le gusta a él, como en esta ocasión, se pone de buen humor y no para de sonreír, pero como sea uno que no le gusta o que no ha leído, pone una cara tan triste como la de un niño al que en el almuerzo del colegio le sirven un plato que le desagrada. Muestra una expresión tan desconsolada que en esos momentos me hace sentir por completo como si hubiera cometido una terrible traición y el ambiente se vuelve embarazoso. Aunque tengo que reconocer que a veces me apetece verle con esa cara. Por lo que parece, hoy es uno de esos días en que «he acertado» con el libro, así que no he podido contemplar su cara tristona.

—Ahora que me acuerdo, la primera vez que nos vimos en esta cafetería también estabas leyendo a Inagaki Taruho.

—¿Ah, sí? ¿De verdad? Algo sí que estaría leyendo, claro...

—No, no, lo recuerdo perfectamente. Ese día se me quedó grabado.

Wada ponía tanto énfasis en sus palabras, que me entró un poco de vergüenza, así que, para disimular, solté una risita.

La ocasión de intimar con Wada se produjo cierta noche, hace cosa de un año, cuando nos topamos cara a cara en esta cafetería y nos tomamos un café. Lo conocía ya de vista porque era cliente de la librería Morisaki, pero aquella fue la primera vez que tuve con él una conversación como es debido y, pensándolo ahora, ya desde entonces era un hombre que despertaba un tanto mi interés. A partir de ese día mantuvimos una relación cordial que desembocó un poco antes de este verano en un acuerdo formal de ser novios. Por tanto, solo llevamos unos tres meses saliendo juntos.

La verdad es que me gustaría llamarle por su nombre propio, Akira, pero por la costumbre de cuando nos conocimos, todavía le sigo llamando Wada-san.

En realidad, fue el dueño de esta cafetería quien planeó nuestro encuentro. Por eso me siento en deuda con él.

Wada es una persona extremadamente cortés y educada, que lo pasa mal si se convierte más de lo necesario en el foco de la atención. Por ejemplo, cuando está en un lugar con mucha gente, siempre se queda por atrás, escuchando en silencio y con una sonrisa lo que dicen los demás, y limitándose a aportar de vez en cuando un comentario ingenioso. Es ese tipo de hombre. Sin embargo, de vez en cuando tiene sus cosas raras, y por ejemplo muestra una gran tozudez con anuncios repentinos de este tipo: «Hoy quiero comer calamares empanados. Me he levantado con esa firme decisión. Por eso de ninguna manera pienso llenar el estómago con otra cosa». Es un hombre del todo imprevisible. Pero con frecuencia ese lado extraño suyo es algo que me encanta.

Los días que libramos cada uno son diferentes y Wada está bastante ocupado cuando llega el fin de mes, teniendo que trabajar incluso algunos festivos. Por eso, lo más normal es que solo podamos vernos, como hoy, durante un breve tiempo por las noches.

El hecho de que no coincidan nuestros días libres nos supone un gran inconveniente. Como por principio ambos somos personas serias, no podemos hacer nuestro trabajo terminándolo de cualquier modo, y eso, de manera natural, nos lleva a restringir las horas en que podemos vernos. Para mí resulta una cuestión harto frustrante, pero creo entender bastante bien que se trata de algo inevitable.

Sea como fuere, nos reuníamos después de una semana sin vernos y estábamos tomando un café, comentando que ya era hora de irnos a cenar, cuando se dio la rara circunstancia de que Takano-kun* saliera del fondo de la cafetería para saludarnos.

---

* N. del T.: *Kun* es un vocativo cariñoso para varones de menor o igual edad que el hablante, más informal que *san*.

Takano era el encargado de cocina del Subol. Larguirucho y delgado, por culpa de su timidez al hablar daba la impresión de ser un chico más bien inútil. Decía que en un futuro le gustaría abrir su propia cafetería y que por eso en este establecimiento le hacían el favor de dejarle trabajar para que aprendiese el negocio.

—¿Qué hay, Takano-kun? Cuánto tiempo...

—Hola, Takako-san. Ah, y a Wada-san también, claro.

A Takano le costaba mucho hablar con gente que no conociera y por eso parecía que no se terminaba de acostumbrar a Wada.

—¿Qué hay? Buenas tardes. Te llamabas Takano, ¿verdad?

Wada le dedicó a Takano una agradable sonrisa. Este, por su parte, pareció tranquilizado ante ello y relajó su expresión. Wada es alguien con un don especial y, sin hacer nada en particular, consigue serenar al momento a su interlocutor, del sexo que fuere.

Pero una vez terminado el saludo, como si fuera una hiena esperando que el león se marchase para ir por la carroña, seguía deambulando a nuestro alrededor como si quisiera algo. Como me estaba poniendo nerviosa, decidí preguntarle.

—¿Querías algo?

—Eh... No... Bueno, la próxima vez.

Al mismo tiempo que Takano farfullaba esta contestación imprecisa, se oyó desde el fondo del mostrador la iracunda voz del dueño llamándole a gritos:

—¡¡¡Ehh, Takano!!!

Nada más sonar esa voz, Takano regresó al instante en una atropellada carrera hacia la cocina.

—¿Qué demonios querría?

Ladeé la cabeza con perplejidad mientras miraba cómo se alejaba a toda prisa su figura vuelta de espaldas. Wada me imitó e inclinó también la cabeza, contestando de la siguiente manera.

—No sé, pero parecía un comportamiento un tanto sospechoso...

—Sí, pero bueno, en su caso lo de los comportamientos sospechosos no es precisamente algo que haya comenzado hoy...

—Ah, entonces me quedo tranquilo.

Después de quedarnos a gusto habiendo soltado todo tipo de sarcasmos crueles sobre Takano, salimos de la cafetería.

✑

Dimos un par de vueltas por la librería Sanseido que estaba a punto de cerrar, cenamos en un cercano restaurante de menú que le gustaba a Wada y después dimos una vuelta por el barrio. Al día siguiente trabajábamos los dos. Además, a primera hora de la mañana siguiente yo tenía que asistir a una reunión, así que decidimos que esa noche cada uno volvería a su casa. Le pedí a Wada que me acompañase hasta la estación.

El edificio residencial donde vive Wada está a unos quince minutos andando del barrio de los libros de segunda mano. Todavía no he ido más que en unas pocas ocasiones, pero la primera vez que entré me llevé una impresión fortísima.

Mientras nos dirigíamos al lugar, Wada, como quien hace una advertencia, me repitió varias veces «la verdad es que tengo la casa un tanto sucia», y realmente así era.

En primer lugar, apenas puse un pie en el interior, vi que había varias prendas de ropa esparcidas desordenadamente por el suelo junto con otros objetos, tales como bandejitas vacías de los alimentos que venden en las tiendas de 24 horas. Después, había tantos libros que no cabían en las estanterías y estaban amontonados de cualquier manera encima del sofá o sobre la mesa. Pero todavía más impresentable era el estado en torno al fuego de la cocina, con el fregadero rebosante de platos y sartenes sin lavar, hasta un punto que dañaba la vista. No llegaba al extremo de que no pudiera pisarse por ningún lado pero, desde luego, sitio para sentarse no había. El armario estaba medio abierto y se veían dentro varias cajas grandes de cartón amontonadas. Me dio permiso para echar un vistazo y comprobé que estaban llenas de libros viejos. Daba la impresión de que algunos ejemplares eran bastante valiosos, pero estaban guardados de una manera tan desordenada que solo clasificarlos ya sería un trabajo ímprobo. Puestos a guardarlos de esa forma, más le valdría llevarlos todos a la librería Morisaki y venderlos.

—De verdad que lo siento mucho. Tenía pensado limpiar un poco, pero al final… Es que esta semana he estado muy ocupado en el trabajo y no he podido sacar tiempo.

Durante el trayecto hasta llegar a la casa mis nervios estaban en tensión por la incertidumbre, pero, al ver todo aquel panorama, de pronto la burbuja se pinchó. «Ja, ja, ja, ja…». Estallé en una sonora y larga carcajada. Sentí que había visto un lado inesperado de ese hombre, que se manifestaba de una forma no menos inesperada, exageradamente inesperada.

—Bueno, supongo que es más o menos lo normal en la casa de un hombre que vive solo.

El azorado Wada pareció tranquilizarse un poco ante mi comentario. Y seguramente para mí fue un golpe porque se trataba de él, pero quizás un desorden como ese tampoco fuera demasiado raro en términos generales. De todas formas, tratándose de la primera vez que traía a su novia a casa, no creo que hubiera estado de más que limpiase un poco...

—¿Cómo era cuando vivías con tu novia anterior? —le pregunté como quien no quiere la cosa.

—Ah, pues... antes de que me diera cuenta, ya había limpiado las cosas. Era una mujer a la que le gustaba mucho la limpieza.

Me arrepentí al instante de haber hecho esa pregunta innecesaria. Y odié ese carácter mío de andar siempre sonsacando a la gente.

Wada había venido algunas veces a la librería Morisaki acompañado de esa mujer. Una mujer alta, bien proporcionada y además muy bonita. Como entonces no pasaba de ser un hombre a quien conocía de vista, me limitaba a mirarles distraídamente, pensando: *Chico guapo y chica guapa hacen buena pareja.* Sin embargo, ahora que las condiciones eran diferentes, aquellos recuerdos de ambos juntos se convertían en algo que me gustaría meter en esas cajas de cartón del armario, con los libros. En mi interior se encendió la estúpida llamada de los celos y decidí que no iba a ser menos y dejaría aquella casa tan limpia como lo hacía la otra. Entonces, sin hacer caso de la expresión de inquietud que ponía Wada, esa tarde me convertí en un febril demonio de la limpieza.

Y, una vez concluida mi tarea, esa noche me quedé a dormir en casa de Wada.

∽

Cuando Wada me estrecha fuertemente entre sus brazos, me doy cuenta de que en mi interior existe algo similar a un núcleo. Y siento que en esos momentos él está ejerciendo una influencia sobre ese núcleo. Creo que hasta ahora nunca me había sentido así en toda mi vida. Pero, por otra parte, a veces me preocupo pensando si Wada será feliz junto a una mujer tan del montón como yo. En este barrio he conocido a mucha gente interesante, empezando por mi tío Satoru (e incluso Sabu, a su manera, es una persona interesante), pero precisamente por eso se me revela lo ignorante y aburrida que soy. Quizá sea de ahí de donde nace la excesiva preocupación por nuestras relaciones.

A mí me gustaría pasar más tiempo con él y compartir muchas más cosas. Pero no sé si Wada siente lo mismo hacia mí. No se me dan bien las cosas del amor y tiendo a ser retraída. Quizá por ese carácter mío, cuando mantuve una relación con mi pareja anterior me encontré con la fatal sorpresa de que, de hecho, yo era la única que pensaba que éramos novios. Estoy segura al cien por cien de que Wada no es ese tipo de hombre, pero aun así, cuando me pregunto hasta qué punto me necesita, ya no sabría decirlo.

Wada no es el tipo de persona cuya expresión manifieste sus emociones. Por eso a veces me preocupa terriblemente qué es lo que estará pasando por su cabeza. De entrada, ¿qué es lo que desea él de una novia? Comparado con lo que sentía por la novia que tenía antes, ¿le gusto más yo? Además, no soy tan guapa como la otra mujer... Le doy vueltas una y mil veces a ese tipo de cuestiones sin solución.

Sin embargo, también hay algo que tengo muy claro. Y es que tengo que comprender bien mis propios sentimientos y con mis palabras tengo que transmitírselos a mi pareja. No pienso permitir de ninguna manera que mis dudas y emociones enturbien la relación que acabo de establecer con Wada.

Curiosamente, el hecho de leer libros estaba empezando también a ejercer una influencia sobre mí en ese tipo de cosas. A medida que iba leyendo en los libros acerca de todo tipo de amores, comencé a pensar con mayor intensidad que tenía que tratar con mucho más cuidado mi propio amor.

—Ahora que ha caído la noche, hace bastante frío, ¿eh?

—Sí...

Íbamos subiendo con paso tranquilo la suave cuesta que conduce hasta la estación de Ochanomizu. La estación de Jinbocho quedaba infinitamente más cerca, pero dábamos un rodeo intencionado. En la calle que queda a este lado del barrio hay muchas tiendas de instrumentos musicales y muchos bares y restaurantes, por lo que a diferencia de la zona de las librerías de segunda mano, que se sume pronto en el sueño, aquí todavía había luminosidad. También había bastante gente caminando y los coches pasaban sin cesar.

Me hubiera gustado estar más tiempo junto a él.

Pero ya iba siendo hora de volver.

Mi cabeza no paraba de repetirse ese único pensamiento.

De vez en cuando probaba a echar una mirada de reojo a ese hombre que caminaba a mi lado. Se limitaba a ir poniendo un pie tras otro, con suavidad, sin hacer ningún movimiento innecesario y sin mostrar ninguna emoción. Sin que sus pasos levantaran apenas sonido alguno. Su manera típica de andar. *¿Sentirá aunque sea un poco tener que separarse de mí?*, pensé. Pero su rostro permanecía con la misma expresión de costumbre.

Mientras proseguía caminando de esta manera, nos pusimos a hablar sobre qué libro sería el más indicado para leer antes de dormir. Para mi sorpresa, Wada dijo con expresión de absoluta seriedad que si empezaba a leer antes de acostarse entonces ya no podía conciliar el sueño, por lo que puestos a escoger algo, lo mejor sería la guía de teléfonos. Yo, después de pensarlo mucho, me decanté por el libro en verso *Chieko shō* (Extractos de la vida de Chieko), de Takamura Kotaro.

—Bueno, he puesto ese ejemplo, pero la verdad es que es una pena leer con sueño, así que casi no leo nada antes de dormir.

Wada se echó a reír.

—Vaya, parece que ninguno de los dos lo sabemos muy bien. Lo que sí está claro es que *Chieko shō* es un libro importante para ti, ¿no?

—Así es. El detalle de que el amor de él se incremente todavía más a partir del momento en que Chieko comienza a sufrir desequilibrios mentales, y la manera en que la poesía responde también a ese cambio, me parece precioso.

Algunos fragmentos de *Chieko shō* vienen en los libros de texto del colegio, por lo que conocía la obra desde niña. Pero cuando leí el libro entero, me produjo una emoción tan profunda que me sorprendió. Se va desgranando el encuentro de Chieko con su amor, el matrimonio de ambos, el inicio de la enfermedad y la separación que trae la muerte. Y, paralelamente, asistimos a la vida cotidiana de Chieko, su alegría de amar, sus intranquilidades, sus tristezas, sus dolores… En suma, a través de los versos del libro vemos sus emociones convertidas en una poesía que brilla hasta un punto cegador.

Estoy segura de que *Chieko shō* es un libro importante, insustituible, para muchas, muchas personas. Se lea cuando se lea, el pecho queda embargado de emoción. Una emoción que no necesita palabras. Por eso solo abro ese libro cuando siento que mi estado de ánimo me obliga a leerlo. Porque quiero conservar invariable la emoción que me produce su lectura. Y cada vez que lo leo, lloro. Por más veces que lo haga, se me saltan las lágrimas. En ocasiones, incluso solo con pensar en él, ya me entran ganas de llorar.

Creo que debe ser maravilloso poder expresar de esa manera los propios sentimientos.

Sumida en estos pensamientos, de pronto vi que llegábamos ya a la estación. Era el momento de la despedida.

—Buenas noches.

Tras intercambiar estas palabras, nos separamos. Estos son los momentos de mi vida actual en que me siento más afligida. Me gustaría encontrar mejores palabras para definirlo, pero nunca lo consigo.

Me quedé un rato junto a los controles de entrada de la estación mirando cómo se iba alejando la figura de Wada. Y pensando: *Creo que esta noche me pondré a leer un poco de* Chieko shō, *que llevo tiempo sin abrir.*

Capítulo cinco

E l otoño se veía avanzar día a día, dejando sentir la proximidad del invierno. Soplaba un viento frío y seco, que iba cambiando poco a poco la coloración de las hojas de los árboles por el amarillo o el rojo. La puesta de sol se adelantaba y las noches se hacían más largas y más cerradas.

Esta es mi estación del año favorita. La época en que todavía no ha llegado el invierno, pero se puede experimentar la nostalgia de una estación que ya se acaba. Una siente que le gustaría pararse en medio de la calle y quedarse continuamente mirando ese cielo azul pálido. Por eso últimamente me impongo como tarea diaria el caminar hacia mi trabajo mirando el cielo.

El lugar donde trabajo ahora es una oficina de diseño gráfico sita en el barrio de Iidabashi. Es una oficina muy pequeñita, dedicada sobre todo al diseño de folletos y prospectos. Contando desde la época en que hacía para ellos trabajos temporales, entre unas cosas y otras ya llevo casi tres años con esta compañía. Debido a que, en principio, la mayor parte del trabajo se hace en solitario, no hay un horario fijo en lo que respecta a las días ni a las horas, y siempre y cuando se mantengan unos mínimos de respeto a los demás y haya un buen rendimiento, en general se trabaja con bastante libertad. En la empresa donde trabajaba antes había mucha compenetración entre los empleados e incluso se formaban abiertamente diferentes facciones, lo cual me hacía sentir muy incómoda. En cambio ahora, gracias también a que la empresa era muy pequeña, no tenía ese tipo de preocupaciones. Comparado con el trabajo anterior, aquí gano menos, pero, como puedo organizarme por mi cuenta, es una compañía que se ajusta mejor a mi modo de ser.

Como no me gusta quedarme hasta las tantas de la noche en la oficina cuando estoy cansada, ya que al final tampoco avanzo, por lo general llego la primera por las mañanas y a cambio me marcho en cuanto anochece. Hablo con los compañeros de trabajo, pero sin adentrarme en sus cosas más allá de lo necesario. Y, básicamente, nunca nos vemos por cuestiones fuera de lo laboral.

Quizá por eso, una de esas raras veces en que acepté una de sus invitaciones a beber algo, uno de los compañeros me dijo: «Siempre vas a tu aire, ¿eh?». Por lo visto, los demás también pensaban lo mismo de mí, ya que hablo poco y me marcho pronto. El comentario me resultó un tanto inesperado pero, pensándolo *a posteriori*, esa actitud mía ponía en evidencia que mi espíritu había encontrado un nuevo asidero.

Antes, a grandes rasgos, mi vida consistía en ir a la oficina y volver a casa. No tenía ninguna afición concreta ni apego por nada en particular. Tampoco tenía ninguna queja en especial, pero sí experimentaba la vaga sensación de que me faltaba algo. Pensándolo ahora, pasaba el día sin saber muy bien qué hacer. Hoy la situación es completamente diferente. Por supuesto que no pretendo decir que mis necesidades estén satisfechas al cien por cien. Pero sí que apenas echo en falta nada.

Tengo lugares a los que me gusta ir y personas a las que me gusta ver. Un lugar donde aceptan mi yo natural. Y creo que eso es algo incomparablemente valioso.

En cualquier caso, ese estado de ánimo ayuda a que vaya a mi aire en la oficina. El contenido del trabajo en sí mismo me gusta y el ambiente de la empresa no me desagrada. Tengo confianza en poder seguir desarrollando esa labor.

Sin embargo, desde hace un tiempo ha surgido un asunto un tanto molesto. Cierto que es algo tan insignificante que si se lo contara a alguien se reiría de mí. Pero el hecho es que me resulta un auténtico incordio.

El asunto comenzó un día, en la pausa para el almuerzo. En la empresa no hay una hora determinada para comer ni tampoco comedor. Por eso, cada cual come cuando quiere y donde quiere. En mi caso, suelo ir a una cafetería que, incluso a la hora del mediodía, tiene poca clientela y donde nunca me había encontrado a nadie del trabajo, por lo que resulta un lugar ideal para comer despreocupadamente.

Sin embargo, cierto día me di de bruces con un compañero de la oficina más veterano que yo. Es un hombre que siempre habla con cierto tono irónico y como mirándote por encima del hombro, por lo que ya de antes no me caía demasiado bien. Por eso cuando nos encontramos en aquella ocasión le hice un breve saludo y me dirigí hacia otro asiento como quien no quiere la cosa, pero de pronto me llamó: «Eh, siéntate aquí».

Así que, bueno, no me quedó más remedio que sentarme con él pero, tal y como me temía, el ambiente en nuestra mesa no se animaba de ningún modo. Parte de la culpa fue mía por no esforzarme en seguir la conversación, pero como mi compañero unas veces se quejaba y otras presumía en un encadenado incesante, no sabía muy bien cómo reaccionar o intervenir. «El problema es que ese cliente es demasiado estúpido. Yo puedo hacer trabajos más dignos de mi talento. Pero con un encargo como este, apenas me entran ganas de hacer la mitad de lo que podría...». Mi compañero continuaba con este tipo de comentarios mientras adoptaba una expresión desdichada, por lo que solo era capaz de seguirle la corriente con un «ya...» de vez en cuando, hasta que acabó la hora del almuerzo.

La cosa debería haber terminado allí. Me limité a pensar: *Vaya, qué mala suerte haberme topado con este pesado.* Sin embargo, a partir de ese día, aquel hombre busca cualquier excusa para dirigirme la palabra. Incluso en la oficina, cuando estoy concentrada en la pantalla del ordenador, se acerca a propósito a mí y comienza a hablarme. Si finjo no darme cuenta y continúo trabajando, me da golpecitos en la espalda, obligándome a hacerle caso. Y, como es lógico, me invita a salir a almorzar. No entiendo lo más mínimo por qué después del poco caso que le hice la vez que comimos juntos, sigue insistiendo en hablar conmigo. Pero, como por motivos de trabajo, yo estoy en una situación más débil, no lo puedo rechazar siempre, así que alguna que otra vez me he visto en la desgracia de ir a comer con él a aquella cafetería. Ni que decir tiene que lo único que me aguarda allí es una pérdida de tiempo.

Pero ¿qué es esto? ¿Qué placer saca este hombre de todo esto? ¿Disfruta martirizando a las empleadas nuevas? La situación cada vez me irrita más.

—Y ¿qué haces en los días libres?

La cuarta vez que tuve que perder mi hora de almuerzo comiendo con él me lanzó de pronto esta pregunta mientras engullía un sándwich, en una rara pausa entre una queja y un autobombo.

—Pues suelo ir a menudo a mirar librerías de segunda mano...

Me sorprendió tanto que, sin darme cuenta, le dije la verdad. Ya me podría haber callado.

—¿Eh, cómo? ¿Para qué vas a esos sitios? Ni que fueras un vejestorio.

El hombre estaba tan convencido de haber soltado una gracia magnífica, que se echó a reír. *¡No tienes ningún derecho a opinar sobre cómo paso yo mis días libres!* El fondo de mi corazón gritaba así pero, después de todo, estaba ante un compañero más veterano. No podía permitirme decirlo en voz alta.

—Bueno, mira, entonces el próximo día libre salimos por ahí en coche. ¿Qué tal?

Me dejó todavía más sorprendida y confusa ante el nuevo ataque.

—¿Qué dices? ¿Por qué?

Incluso miré a mi alrededor, pensando que quizá se estaba dirigiendo a otra persona.

—¿Por qué? Bueno, no tienes nada que hacer, ¿no? ¿Por qué no?

—No, sí que tengo planes...

—¿Qué planes?

—Pues ya te he dicho, las librerías...

—Pero, vamos a ver, las librerías de segunda mano no son un sitio al que haya que ir todos los días, ¿no?

—A mí me gusta, así que ya está.

Llegados aquí estaba tan indignada, que le contesté de esa manera. Entonces se puso a rascarse la cabeza como sin saber qué hacer y exhaló un profundo suspiro. Era un suspiro de compasión, como el de un profesor de bachillerato ante una alumna a la que han llevado al despacho del director para corregir sus malos hábitos.

—Oye, tú… ¿disfrutas de la vida?

—¿Cómo?

—Pues es que siempre tienes un aire como sombrío, y tampoco te animas a conversar. No sé, pero es aburrido hablar contigo. Y encima que me esfuerzo y te invito a salir, me sales con que si las librerías de segunda mano… Si no pones más interés en divertirte, es un desperdicio.

Después de haberme soltado todo aquello, se levantó sin darme oportunidad de contestar y farfullando «qué manera de perder el tiempo», salió de la cafetería. Me quedé con la boca abierta, incapaz de moverme durante un buen rato.

✑

—Ah, qué humillante, qué humillante…

Aquella noche fui a la casa de comidas donde trabaja Momoko y mientras tomaba un sorbito de sake tras otro, le conté de cabo a rabo toda la escena del mediodía.

Últimamente he comenzado a frecuentar este local, atraída por los platos que prepara Momoko. El dueño, el señor Nakazono, es un abuelillo simpático y parlanchín, y en ese aspecto ambos forman una buena combinación. Ahora bien, Nakazono es alguien a quien le cuesta mucho recordar las caras y los nombres de los clientes y a día de hoy todavía es incapaz de recordar mi nombre. Unas veces me llama Mikako, otras Yukako… Por más que le corrija, la siguiente vez que entro vuelve a equivocarse, así que ya lo he dado por imposible.

Esta noche me ha llamado Teruko, que no se parece ni de lejos a mi verdadero nombre, pero venía tan furiosa que me dio absolutamente igual.

—A ver, no vengas aquí a molestar con tus soliloquios de borracha a los que estamos trabajando.

La tía Momoko, vestida con un mandil que le sentaba extrañamente bien, me hablaba como quien se quita de encima a un beodo mientras se afanaba detrás del mostrador con sus tareas. Cierto que aquella noche estaba un poco bebida, lo cual era raro en mí.

—Pero entiéndelo. Es que ha sido humillante y vergonzoso. No solo que el tipo ese me haya dicho todo lo que me ha dicho, sino que yo haya sido incapaz de devolvérsela. Eso es lo que más me revienta.

—Sí, sí, claro. Pobrecita. Yo te comprendo.

Según me iba haciendo efecto el alcohol, más me enfurecía la grosería de aquel sujeto. Y encima, burla cruel del karma, aquel hombre se apellidaba también Wada. Ese era otro de los motivos por los que me caía mal.

—Pero qué karma ni qué tonterías. Wada es un apellido que se encuentra por todas partes. Y no ha sido él quien ha elegido llamarse así —dijo la tía Momoko, hastiada.

—Pero a mí me molesta. Porque cuando pienso en él, en la cabeza se me mezclan las caras de los dos Wada.

—Ah, ¿pero piensas en él? —dijo Momoko con una sonrisita maliciosa que me sacó de quicio.

—No pienso en él. Me refiero a momentos como este, en que sale en la conversación.

—Bueno, entonces, para solucionar el problema, ¿por qué no le llamas Wada-2?

Vaya ocurrencias más torpes las de Momoko…

—En cualquier caso, que ni te diste cuenta de que ese Wada-2 andaba detrás de ti, ¿no?

—Sí, sí me daba cuenta, pero no entendí por qué de pronto sacaba ese tema.

—Y se enfadó porque le dio la impresión de que tú querías que te invitara y él se tomó la molestia de hacerlo, ¿no?

—No puedo admitir eso. ¿Cómo iba a hacerlo? ¿Cuándo di yo la impresión de que quería que me invitase?

—Ah, yo no sé, pero a Wada-2 sí le dio esa impresión, ¿no? —comentó ella con frialdad.

Pero al ver que yo me enfadaba, se encogió de hombros y añadió:

—Conmigo no te enfades, ¿eh? Pero la verdad es que a veces tienes esas cosas.

—¿Qué cosas?

—Pues que eres un poco imprudente.

—Qué imprudente ni qué ocho cuartos. Yo no he hecho nada.

—A veces lo imprudente es no hacer nada. Porque esa actitud lleva a situaciones más imprudentes todavía.

Al oír aquello, me sobresalté. Recordé cierto incidente.

—Ahora que lo dices, puede que tengas razón. Una vez lo pasé realmente mal por culpa de eso.

—Ah, ya, «el caso del encierro en la librería de viejo», ¿no?

—Oye, ¿qué es eso? No me hace ninguna gracia que le pongas un nombre como «el caso de xxx».

Momoko soltó una carcajada.

—Pero aun así, ese lado tuyo perezoso, torpón e imprudente, pero generoso, a mí me encanta.

La tía Momoko me miró con una franca sonrisa. Su pelo corto relucía a la luz de los fluorescentes. Su simpatía hacia mí resultaba tan evidente que al instante me alegró, pero pensándolo fríamente, todo aquello de perezosa, torpona e imprudente distaba mucho de ser un elogio.

—Me tienes confundida. No sé si me estás elogiando o insultando.

—Bueno, mujer, en principio te estoy elogiando —me dijo sonriendo otra vez. Pero, volviendo adonde estábamos, el hecho de que Wada-2 se llevara aquella impresión no fue por completo culpa tuya, supongo. Desde un primer momento él ya iba predispuesto a ver las cosas de esa manera. Lo único que quiero decir es que deberías haber sido un poco más perspicaz y haber guardado mayor distancia con alguien que ya aparentaba ser perjudicial para ti.

—Ya, pero es que era un compañero del trabajo más veterano que yo...

—Por eso, lo que tenías que haber hecho era crear en torno a tu persona algo así como un aura que expresara «no quiero saber nada de ti». Ese tipo de sensación realmente puede generarse, y por muy obtuso que sea el otro, la percibe.

—Cierto, pero a mí nunca se me ha dado bien la técnica.

—Por eso digo que tienes un carácter amable. Pero, en fin, a mí me gusta cómo eres, así que lo mejor es que sigas siendo así.

Dicho esto, Momoko estiró la mano desde el otro lado del mostrador y me dio unas palmaditas en el hombro.

—¿A qué viene eso?

—Con tu carácter, saldrás perdiendo muchas veces, pero cada una es como es. No te preocupes.

—Pero ¿qué dices?

Me tenía un tanto confundida, pero en resumen creo que intentaba decir que no cambiase mi manera de ser.

—Hay gente que es así, egocéntrica. A ese tipo de hombres les da igual que seas tú o que sea otra.

Comprendí perfectamente lo que quería decir. Porque ya antes había tenido una dolorosa experiencia al respecto. En aquella ocasión también pensaba que ese hombre me había escogido por ser yo, pero no era cierto. Le bastaba con que fuese «alguien como yo». Aquello me hizo sentir como si negaran mi existencia y fue una experiencia muy triste, pero, por otro lado, era evidente que yo había sido en parte responsable.

—En fin, que hay muchas clases de gente en este mundo. Ese Wada-2, por ejemplo, vive como el héroe de su propia historia. Claro que a mí no me apetece leer historias en las que el héroe sea el número 2.

Momoko, como una niña traviesa, me sacó la lengua.

—En cualquier caso, la vida es breve. En vez de preocuparte por gente como esa, lo único que tienes que hacer en tu propia historia es escoger al hombre que te haya elegido a ti porque piensa que no hay nadie que pueda sustituirte. ¿Lo entiendes o no?

—Sí, lo entiendo perfectamente.

Realmente sentí que lo comprendía y lo compartía. Me pareció que en el fondo de lo que me decía había una parte estrechamente relacionada con lo que yo sentía estos últimos días por Wada. La persona que me escogió a mí por ser yo. Me pregunto si Wada (por supuesto, no el número 2) sentirá lo mismo por mí. Desde luego, a mí no me gustaría nadie que no fuera Wada. No puede existir nadie capaz de sustituirle.

—Bueno, pues entonces clávate eso en la cabeza. Aquí donde me ves, es un consejo de alguien que ha vivido más que tú.

La conversación había ido desviándose hacia otros derroteros, pero lo cierto era que la tía Momoko tenía una gran habilidad para soltar las cosas más adecuadas en el momento preciso. Asentí dócilmente ante lo que me decía.

cℐⱷ

Desde la mañana siguiente y durante varios días, la oficina anduvo con bastante trajín de trabajo por peticiones de los clientes para corregir esto o aquello, así como por la entrada de nuevos encargos. Digamos que gracias a eso no me sobró ni un segundo para preocuparme por la existencia de aquel Wada-2.

Una noche en que ya había terminado más o menos de encarrilar el trabajo y salía derrengada de la oficina, mis pasos me llevaron de un modo natural hacia el Subol. No me había citado con Wada, pero sentía unas ganas irrefrenables de tomarme un café. Me había convertido en una adicta al café. Mientras me dirigía al establecimiento, se me escapó una risita al pensar en ello.

Nada más abrir la puerta de la cafetería me llegó el sonido de aquella voz parlanchina que tan bien conocía. *Ah, hoy está Sabu*, pensé, y, efectivamente, ahí estaba sentado en uno de los asientos junto al mostrador, hablando con el dueño.

«Ey», «¿Qué hay?». Tras intercambiar este sucinto saludo, me senté a su lado y pedí un café solo junto con unos espaguetis a la napolitana y una ensalada, ya que tenía un hambre feroz.

—¡Eh, Takano! ¡Un plato de napos! Deprisita, ¿eh? —gritó el dueño hacia la cocina.

—¡Oído! —contestó una voz desganada.

—Ahora que recuerdo, el otro día el tonto ese andaba mosconeando a vuestro alrededor, ¿no? ¿Os soltó alguna de sus incongruencias? —preguntó el dueño acordándose de la extraña conducta de Takano la última vez.

—No, no, no dijo nada en especial.

—Si alguna vez os molesta, le podéis dar un capón sin problema.

—Ni hablar, ¿cómo íbamos a hacer eso? —protesté, atónita.

Me pregunté qué sentido tendría la presencia del joven Takano en un lugar como ese, donde le trataban como un estorbo.

En cuanto me senté, Sabu, tan animado como siempre, comenzó a decirme que si esto que si aquello. Me admiraba que personas como él o como mi tío tuvieran siempre tanto vigor.

—¿Qué te pasa? ¿Estás cansada?

Viendo que yo tenía pocas ganas de hablar, Sabu puso una evidente expresión de descontento y me lanzó esa pregunta.

—Sí, es que he estado bastante atareada en la oficina. Veo que en cambio tú siempre estás pletórico de fuerzas…

Sabu soltó una carcajada.

—Tienes que tomarte unas vacaciones, como todo el mundo. Bueno, en mi caso, como soy un hombre enérgico, no me hacen falta vacaciones.

¿Sería una falsa impresión mía la de que este hombre estaba siempre de vacaciones?

—Yo también tomo vacaciones como es debido.

—Ahora que lo dices, así debe ser, porque estás cada dos por tres embutida en la librería de Satoru. Más bien, el que no tiene vacaciones es el pobre Satoru. A pesar de que ha vuelto Momoko, sigue trabajando tanto como antes. Si continúa así, se le va a escapar otra vez la mujer. En mi caso, lo que hago para tenerla contenta es sacarla de vez en cuando de viaje o a cenar por ahí.

—Claro, porque si se enfada, comienza a tirarte los libros a la basura —intervino el dueño en voz baja como haciendo un comentario casual.

Sabu se enfadó muchísimo.

—¡Qué viejo tan pesado! Anda, cállate.

—Pero si tú eres más viejo, Sabu.

—Ah, pues es verdad. Se me había olvidado.

Sabu se dio un golpe seco con la mano en su cabeza medio calva y soltó una carcajada. Entonces el dueño, que secaba inexpresivo unos vasos en silencio, se rio también. La relación entre estos dos era un tanto extraña. Una no podía saber si se caían bien o mal.

En cualquier caso, lo que decía Sabu era algo que también me preocupaba a mí desde hacía algún tiempo. Ciertamente mi tío, a pesar de haber vuelto Momoko y de que vivían otra vez juntos, trabajaba sin descanso. El día de la semana que cerraba la librería, lo más normal era que se subiera a su furgonetilla y saliera por ahí a comprar libros para su establecimiento. ¿Dónde estaba el esfuerzo por conseguir un tiempo que los dos pudieran disfrutar a solas? A pesar de que se afligía de forma tan exagerada por la salud de Momoko, no parecía estar haciendo nada por cuidar de ella.

—Creo que mi tío debería descansar un poco más. Además, está lo de la fístula.

Mientras sorbía lentamente mi café, pensé en aquel tío mío tan cabezota y se me escapó un suspiro.

—¿Verdad que sí? Con eso de la fístula que tiene, lo mejor que podría hacer es irse a unos baños termales y pasar allí un tiempo descansando. ¿Por qué no les das una sorpresa a tus tíos y como muestra de agradecimiento les llevas de viaje a uno de esos sitios?

Pues claro, qué buena idea, pensé enseguida. De golpe se me olvidó todo el cansancio que sentía hasta un momento antes y recuperé las energías.

—Me parece una estupenda idea. Claro que sí. Estupenda.

Estaba claro que de lo único que se preocupaba mi tío era de la librería y que una idea así no saldría de él. Por ello, en parte como una muestra de agradecimiento por todo lo que habían hecho por mí, quizás estaría bien que les ofreciera un viajecito de regalo. Una vez oí decir a Momoko que el aniversario de su boda era en noviembre. Era todavía un poco pronto para ello, pero lo podía presentar como un regalo de aniversario. Como a mi tío siempre le daba pereza cualquier trámite, me encargaría yo de las reservas de alojamiento y de tren en su lugar. Seguro que se llevarían una gran alegría.

—Sí, creo que estaría bien. Por supuesto que a Momoko le sentará bien, pero también Satoru necesita un descanso de vez en cuando. Ese hombre parece siempre libre de preocupaciones, pero en lo que respecta al trabajo es tan serio, que a veces se pasa.

Al oír ese comentario del dueño de la cafetería, me sentí todavía más animada por la idea. Y además se me ocurrió otra cosa, que me alegró todavía más. Eso es, será maravilloso. Cada vez me excitaba más.

—Hay que reconocer, Sabu, que a veces dices cosas como es debido.

—Oye, oye, ¿qué es eso de «a veces»?

—En cualquier caso, muchas gracias.

Le di las gracias de todo corazón. Sabu, de manera inusual en él, pareció quedarse un poco cortado y, levantando un poco el rostro, farfulló: «Bueno, parece que he acertado». Por lo visto, como se pasa el día soltando impertinencias, no está acostumbrado a que los demás lo elogien.

—Muchísimas gracias, Sabu —volví a decirle.

—Bueno, ya. Ya está bien.

Sabu parecía estar realmente muerto de vergüenza y centró su atención en beberse el café. Su aspecto me pareció divertidísimo.

—Qué envidia me das. Siempre despreocupada y sonriendo…

—Pues hay quien dice que siempre tengo aspecto sombrío…

—¡Puf! Pues no sé dónde tendrá los ojos el tipo ese. Si alguna vez tienes aspecto sombrío es solo cuando te estás cayendo de sueño. Ahora mismo lo único que parece es que tienes la cabeza hueca.

—¿Sí? Bueno, puede ser. Gracias, Sabu.

—Que dejes ya eso. Me entran picores cuando lo oigo. Como sigas dándome las gracias, te dejaré de hablar.

Sabu comenzó a rascarse la espalda. No pude evitar echarme a reír.

—Parece que Takako ya ha encontrado la forma de pincharte, ¿eh, Sabu? Ah, por fin están los espaguetis a la napolitana. Aquí tienes, perdón por la espera.

El dueño me dejó el plato de espaguetis cargados de kétchup sobre la mesa y me los comí como en trance. Después, ya con el estómago lleno, sentí que mi cansancio había saltado por los aires y mi enfado hacia Wada-2 también se había esfumado.

Capítulo seis

M e he peleado con mi tío.

En todo el largo tiempo que nos hemos tratado hasta ahora, es la primera vez que discutimos de esta manera. Y, realmente, por una cuestión insignificante.

El origen de la discusión ha sido aquel asunto del viaje. La misma noche en que surgió la idea en el Subol, en cuanto llegué a casa me conecté a internet y seleccioné varios pueblos con baños termales que tenían muy buena pinta. Ya solo quedaba enseñárselos a ellos, que escogieran el que más les gustara y después hacer yo las reservas.

Entonces, un día que libraba, me acerqué por la tarde a la librería Morisaki toda ilusionada, pero, en cuanto mi tío empezó a mirar las páginas de los alojamientos que le había impreso, enseguida torció el gesto.

—Pero estos son días laborables, ¿no?

—Es mejor, porque hay menos gente que los fines de semana. Tenéis que salir de vez en cuando de esta librería y descansar.

—Pero no podemos cerrar la librería.

Ya me esperaba que dijera eso, así que, con el pecho rebosante de orgullo, le contesté:

—Como suponía que ibas a decir eso, me ofrezco a quedarme a cargo de la librería durante esos días.

La verdad es que había una intencionalidad oculta tras esa idea mía. Si mis tíos salían de viaje, resultaba evidente que alguien tendría que estar en la tienda. De un tiempo a esta parte, andaba yo pensando que me gustaría volver a vivir en la librería Morisaki aunque fuera por unos pocos días. Claro que si se lo pedía a mi tío, me dejaría quedarme otra vez unos días en la habitación del segundo piso, pero entonces no sería ni mucho menos lo mismo. Lo que yo quería era, aunque fuera por un corto tiempo, estar por completo a solas en la librería y pasar la noche en la habitación del segundo piso del edificio. Siendo así, no tendría que preocuparme de que mi tío rompiera la magia del ambiente gritando a mi lado tonterías como «¿dónde está mi cojín?». Ellos podrían tomarse un descanso y además yo también podría pasar unos días agradables. Era un plan en el que, como quien dice, se mataban dos pájaros de un tiro.

—Pero tú también tendrás tu propio trabajo, ¿no?

—No pasa nada, porque lo haría coincidir con mis días libres.

—Bueno, entonces, ya que te ofreces... Gracias por preocuparte por nosotros de esa manera —dijo mi tía Momoko que, como yo esperaba, tenía los ojos relucientes de expectación por la alegría.

—Eh, no decidáis las cosas entre vosotras dos —comenzó a protestar mi tío.

—¿Y por qué no? Encima que Takako-chan se toma tantas molestias por nosotros y que nos ha preparado este plan...

Momoko, intentando convencer al cabezota de su marido, le dio un pellizco en la mejilla.

—Que no, que no. No puede ser —insistió mi tío con la mejilla enrojecida por el pellizco. Si pasara algo, se armaría un buen lío.

—Pero bueno, sería lo mismo en fin de semana, ¿no?

—Eso también es verdad. Además, la semana que viene he quedado en ir a Saitama, a casa de Yoshimura, para comprarle libros.

—Pues por eso mismo es mejor hacer el viaje en días laborables. Puede ser un viaje de dos días, quedándose una sola noche, y puedo encargarme fácilmente del negocio durante ese tiempo. Podrías confiar en mí de vez en cuando...

—Ni hablar —rechazó mi tío con firmeza.

—¿Eh? Pero ¿por qué?

—Aah, ya no hay nada que hacer —dijo la tía Momoko, alzando los brazos hacia el cielo en señal de resignación. Cuando se pone así, ya no hay nada que pueda hacer entrar en razón a este hombre.

Desde un primer momento me imaginé que podría encontrarme con cierta oposición, pero nunca pensé que mi tío sería tan cabeza dura. Por mucho que mi plan encerrase una segunda intención oculta, realmente quería que mis tíos se tomaran un descanso a mi costa a modo de agradecimiento. Me llevé una absoluta decepción con aquella respuesta y miré a mi tío con resentimiento.

—¿Tanto te desagrada la idea?

—No es que me desagrade o no, es que, si no puede ser, no puede ser.

—¡Eres realmente odioso!

—¡Si no puede ser, no puede ser!

—¡Parecéis niños, vosotros dos! —intervino la tía Momoko, hastiada. Pues entonces, como hacíamos antes, me voy yo sola de viaje con Takako. ¡Lo pasaremos mejor que yendo contigo!

—Pero eso no tiene ningún sentido... No es lo que yo quería...

Llegados aquí, parecía una pelea de niños. Pero no estaba dispuesta a perder. Tenía que conseguir que mi tío se tomara unas vacaciones y saliera de viaje. Repetíamos una y otra vez nuestro monótono «que vayáis», «que no puede ser». Ya se había difuminado por completo el sentido original de la discusión y era solo una lucha por ver quién daba antes su brazo a torcer. Una pura cuestión de orgullo. En otras palabras, un enfrentamiento por completo absurdo, como no hay otro en este mundo.

Al final, fui yo quien se hartó de la situación y gritando «¡bueno, pues ya no insisto más!», abandoné la librería.

Llevada de ese impulso, salí cerrando de un portazo sin volverme hacia atrás, pero el ruido que hizo la puerta fue mucho mayor del que esperaba y me quedé paralizada unos segundos por la sorpresa. Aun así, una vez recuperada, me fui como si no hubiera pasado nada.

✑

Al día siguiente de ese incidente me vi con Wada por primera vez en cuatro días. Ni que decir tiene que la cita fue en el Subol. Sin embargo, por algún motivo, ese día Wada apareció en la cafetería con expresión adusta. Y en cuanto se sentó, de pronto me dijo:

—Hay un asunto del que quería hablarte...

Ante semejante comienzo, me entró una gran inquietud. ¿De qué diablos se trataría? Como llegué pensando que esa noche podríamos pasar un rato agradable juntos, su actitud me tomó completamente por sorpresa.

—¿Eh? ¿Qué pasa?

Mi voz delataba tensión y él, con una tensión similar en el rostro, hizo un sonido nasal afirmativo.

—¿Te importaría que fuéramos mejor a otro lugar?

Después de aquello, mi inquietud se disparó hasta lo indecible.

—Lo que me vas a contar es... ¿algo bueno o algo malo? —pregunté para irme preparando.

—Pues... bueno no creo que sea.

¿Qué puedo hacer? ¿Habré metido la pata en algo? El pánico comenzó a abrirse paso en mi cabeza y el asunto de la estúpida discusión del día anterior con mi tío desapareció como volando por los aires.

—¿Y a dó... a dónde vamos?

—Pues, vamos a ver... Bah, es igual, aquí mismo está bien. Además, tampoco tiene demasiada importancia.

Llegados a ese punto, no sabía qué pensar. Hace un rato hablaba con tanta tensión y ahora me decía que no tenía demasiada importancia. Al principio, pensé por unos momentos que me iba a hablar de matrimonio. De un tiempo a esta parte, mi madre me telefonea desde el pueblo y cada dos por tres me pregunta cuándo me voy a casar. Entonces me doy cuenta de que ya tengo una edad en que los padres empiezan a preocuparse por esas cosas. Quizá fuera por eso. Pero si dice que se trata de algo malo, obviamente tiene que ser un asunto diferente. Y, puesto que dice que es algo malo, ¿no será que...? Sería demasiado cruel... Quiero seguir más tiempo, mucho más, con él. No solo eso, sino que soñaba con poder estar juntos para siempre. ¿Será que ha notado ese sentimiento mío y le ha parecido una carga demasiado pesada?

—¿Prometes no reírte? —me preguntó Wada con rostro serio sin comprender que se me había quedado la mente en blanco.

—Pu… pues sin oír de qué se trata, no puedo asegurarlo, pero no creo que me vaya a reír.

Mejor dicho, ¿cómo iba a poder reírme? ¿Quién tendría los nervios suficientes para echarse a reír cuando la persona que le gusta le dice que quiere separarse? Wada, sin mudar de expresión, murmuró «entendido», asintiendo con aire enigmático. Y a continuación, dijo una frase que en modo alguno esperaba.

—La verdad es que tengo intención de escribir una novela.

—¿Cómo? ¿Una novela?

Aquellas palabras resonaron en mi cabeza como algo incomprensible. ¿Escribir una novela?

—Sí. ¿Te parece una tontería?

—No, no es ninguna tontería. Pero… ¿pero era eso lo que querías contarme?

—Pues sí, ¿por qué?

Sentí como si me fuera a caer de la silla. Verdaderamente, había muchas cosas imprevisibles en este hombre. De pronto, como si me abandonaran las fuerzas, me entró la risa floja.

—¡Lo sabía! Te has reído —dijo Wada con aire dolorido.

Entonces, me apresuré a explicarle que la risa no era por lo que me había dicho, sino por otra cosa.

—¿Otra cosa? ¿Y se puede saber qué otra cosa? —preguntó muy serio.

No tiene remedio. No entiende nada de lo que le quiero decir. Me bebí hasta la última gota de agua que tenía en el vaso y exhalé un largo suspiro. Con eso, por fin me recuperé.

—Como me dijiste que se trataba de algo malo, estaba con los nervios en tensión…

Al murmurar yo esa explicación, Wada pareció sorprenderse mucho.

—¿Eh? Yo no dije que se tratara de algo malo, dije que algo bueno no era.

—Pues, precisamente, eso significa que es malo.

—¿Ah, sí? Pues lo siento. Solo quería decir que era algo que no tenía nada de bueno en particular.

—Creo que eres un poco rarito, ¿eh?

Como tenía ganas de devolverle el nerviosismo que me había hecho pasar, le hablé con tono irónico, pero entonces se cruzó de brazos y diciendo «¿raro yo?», pareció reflexionar sobre el asunto. De seguir así, la conversación se iba a estancar, así que opté por animarle a continuar hablando.

—Así que has decidido escribir una novela...

—Sí —contestó reanudando por fin el tema. En realidad, llevo más de diez años dándole vueltas, desde que empecé a escribirla en los tiempos del bachillerato. Lo que pasa es que llevaba ya varios años sin retomarla. Pero, gracias a haberte conocido y a mi relación con la librería Morisaki y sus clientes habituales, he sentido un nuevo estímulo y me han entrado unas ganas irrefrenables de escribir una novela ambientada en una librería. Por supuesto que no tengo intención de ganar ningún premio literario con ello, ni de convertirme en escritor profesional. Simplemente, me he dado cuenta de que todavía permanecía latente en mi interior aquel gusto que tenía por escribir y que ya había dado por desaparecido hacía tiempo. Entonces pensé que no sería bueno para mí dejar que ese ánimo se esfumara sin más.

Tras haber soltado esta explicación, Wada sonrió como avergonzado. Yo, como en el fondo tengo un carácter bastante simple, olvidé por completo mi inquietud anterior y me quedé admirada por sus palabras. Además, me hacía muy feliz que me confesara lo que pasaba por su cabeza. Es un hombre muy serio. Aunque lo que me acababa de decir fuera algo que no tenía demasiada importancia, sin duda había dudado mucho antes de decidirse a contármelo. Lo cual demostraba que para él sí era algo relevante.

—Me parece una idea estupenda. Me gustaría que me dejaras echarte una mano.

—¿De verdad? Es toda una alegría. De hecho, si fuera posible, me gustaría que me permitiérais hacer entrevistas en la librería Morisaki.

—No, no.

—¿Hay algún problema?

—Ahora mismo estoy muy enfadada con el tío Satoru y hemos discutido.

—¿Discutido? ¿Con el director? Vaya, así que tú también te enfadas de vez en cuando. No lo aparentas.

Hace un momento estaba también un poco enfadada con él, pero por lo visto ni lo notó. El caso es que, discusión aparte, el tío Satoru no tenía demasiado buen concepto de Wada, precisamente por ser mi novio.

Poco después de que empezásemos a salir juntos, llevé un día a Wada a la librería, en parte para presentarle como mi novio. En aquella ocasión, cuando Wada le saludó, mi tío permaneció tan rígido como si fuese un mono de madera puesto ahí para decorar, ignorándolo por completo en una actitud incomparablemente grosera. Viendo que no había nada que hacer, me apresuré a sacar a Wada de la librería.

—¿Le caigo mal al director de esta librería o es una impresión mía? ¿Quizás alguna vez sin darme cuenta hice algo que no debía al ojear los libros de segunda mano? —preguntó Wada frunciendo el ceño y ladeando la cabeza con expresión confundida.

—No, no, nada de eso. Es que siempre es así.

Me esforcé por quitarle la preocupación, pero en mi fuero interno hervía de indignación hacia mi tío.

En el camino de vuelta, Wada farfullaba cada dos por tres soliloquios como «el caso es que aquel hombre siempre me había parecido simpático y agradable» o «¿por qué habrá sido?».

Una vez que nos separamos, volví sola a la librería y disparé toda mi furia contra el tío Satoru por su actitud. Entonces él comenzó a protestar con un «el tipo ese no es un cliente adecuado para nuestra librería», mientras a su lado la tía Momoko movía la cabeza hacia los lados como diciendo «ya empezamos».

—Lo único que pasa es que te disgusta que alguien te quite a tu Takako-chan.

—No digas tonterías. Lo que ocurre es que yo a los tipos como ese, que se dan aires de intelectuales, no los trago. Ese es precisamente el tipo de hombre más desalmado, al que no le importa hacer llorar a una mujer.

—Desalmado…

Mi enfado se vio superado por el asombro.

—Me preocupa que algún día ese hombre te haga sufrir. Además, ¿por qué el tipo ese me llama «señor director»? Me produce escalofríos.

—Pero qué lata. ¿Qué tal si dejas de una vez en paz a Takako-chan? Ese Wada parece una persona estupenda. Alto, esbelto y, de cara, mil veces mejor que tú.

—Sea como fuere, no quiero ver al tipo ese por mi librería nunca más.

—Vaya, hombre… ¿No andabas siempre presumiendo de que «esta librería está abierta a todo el mundo»? Ahora resulta que la verdad es que esta librería escoge a sus clientes —le espeté con tono de burla.

Entonces el tío Satoru se quedó sin saber qué responder y soltó su frase habitual en esos casos.

—Los seres humanos somos un cúmulo de contradicciones.

En cualquier caso, sentí de todo corazón que quería ayudar a Wada a terminar su novela. Cuando se lo dije, pareció muy contento. Y cuando él es feliz, yo también lo soy.

—Cuanto antes hagas las paces con el director de la librería, mejor. Ah, y no lo digo por mi novela, ¿eh? Eso es aparte.

Tras estas palabras y un gesto de la mano en señal de despedida, cruzó el control de billetes de la estación.

❧

Al día siguiente, en el camino de vuelta desde la oficina, pasé por la librería Morisaki cuando estaba a punto de cerrar. Iba con la intención de hacer las paces con mi tío. Wada también lo había sugerido así y, aunque me fastidiaba un poco, no quedaba otro remedio. Bastaba con que diera mi brazo a torcer. Además, cuando mi tío dijo que no iría a ese viaje, la tía Momoko pareció sentirlo de veras. Así que, pensando también en ella, lo mejor era que pasara por la librería. Decidí cambiar de táctica.

—¿Qué hay, tío?

—¿Qué pasa? —contestó, tenso.

La puerta delantera, la de los clientes, ya estaba cerrada, por lo que entré por la trasera. En cuanto escuchó mi voz, el tío Satoru se puso en guardia. Como siempre, tuve la impresión de que, con la caída de la noche, el olor a humedad del interior se intensificaba.

—Vaya una forma de contestar… ¿Tanto desconfías de mí?
—le respondí con una sonrisa un tanto amarga.

Lo primero era disipar su malhumor, así que probé a preguntarle si había hecho alguna buena adquisición recientemente. Cuando la conversación trata de libros, enseguida mejora su humor. Es muy sencillo. También en esta ocasión olvidó al punto nuestras discusiones y se animó a charlar.

—Ah, pues ahora que lo dices, precisamente ayer entró un buen artículo.

—Hmm… ¿Cuál?

—Pues un gran libro que, si leyeran las generaciones actuales, les parecería muy cercano.

Mi tío sacó un ejemplar de *El elogio de la sombra* de Tanizaki Jun´ichirō y me lo entregó.

—Ya veo, es un ensayo, ¿no? ¿Qué quiere decir con eso de «elogio de la sombra»?

—Pues verás, resumiendo mucho, quiere decir que en nuestra vida cotidiana no debemos fijarnos solo en aquello que tenemos a plena luz, sino que hay que dirigir la mirada hacia las sombras, porque allí se encuentra oculto cierto sentido estético que, si lo captamos, nos hará sentir en nuestra propia piel el concepto tradicional de las artes japonesas. Más o menos. Bueno, hace un análisis profundo de muchas más cosas y a veces puede resultar un poco abstruso, pero ya que tienes la oportunidad, creo que estaría bien que lo leyeras.

—Gracias. Probaré a hacerlo un día que tenga tiempo de leer con calma.

—Lee un poco ahora.

Mi tío me insistía acercando mucho el rostro. Ya me imaginaba que, como de costumbre, solo quería pegarse a mí mientras leía e ir haciendo comentarios explicativos. Giré el cuerpo moviéndome hacia un lado para escapar de él.

—Ahora no me apetece. Lo leeré algún día en que pueda hacerlo con calma, sin nadie al lado que me moleste.

—¿Por qué? Te digo que leas un poco ahora. Esperaré a cerrar hasta que acabes.

—Ya te digo que quiero leerlo tranquilamente cuando tenga tiempo.

—Pero si no hay ningún sitio más tranquilo que este...

Por lo visto ni en sueños se le pasaba por la cabeza que era precisamente él quien echaba a patadas la tranquilidad.

—Por cierto, volviendo a aquello del viaje... —comencé mientras devolvía el libro a su estantería.

Al instante mi tío cambió a una expresión de disgusto que parecía decir «ya sabía yo». Pero no estaba dispuesta a dejarme vencer. Esforzándome por simular que el asunto no me importaba gran cosa, bajé un poco la vista mientras hablaba.

—Si insistes en que es imposible, me olvidaré, pero es que siempre me tratas tan bien, que no paro de pensar de qué manera te podría demostrar mi agradecimiento. Por eso, no te voy a pedir imposibles, pero piensa que Momoko tiene muchas ganas de ir y a mí también me haría muy feliz que los dos pudiérais pasar unos días tranquilos y agradables.

Traía preparado este pequeño discurso con antelación y procuré enunciarlo infundiéndole emoción.

—Quiero que continúes muchos años más con esta librería. Por eso, si no adquieres la costumbre de descansar de vez en cuando, vas a terminar destrozándote el cuerpo. Cuando pienso en que quizá podrías morir por exceso de trabajo, se me parte el corazón...

A pesar de que eran mis propias palabras, mientras me escuchaba sentía lo exagerado y ridículo que era aquello. Para empezar, ese hombre no se moriría ni aunque lo matasen. Y mucho menos por exceso de trabajo, menuda ocurrencia absurda. Sin embargo, esa manera de hablar tocaba el punto débil de mi tío. Tal y como esperaba, me dirigió una larga mirada cargada de ternura.

—Takako-chan, mira que eres...

—¿Verdad que me comprendes, tío?

Mi tío asintió varias veces, conmovido.

—Bueno, ya veo. Si tanto te preocupas por mí...

—Bien, entonces decidido. Espero que lo paséis bien.

Hablé sin perder un segundo para no dejar escapar la ocasión y mi tío asintió como en un acto reflejo.

—Vale, vale.

—Y procura que la tía Momoko también lo pase bien, ¿eh? ¿Qué tal la semana próxima? A mí también me viene bien.

—¿Cómo? Bueno, vale.

Mi tío puso cara de no tenerlas todas consigo pero, aun con cierta expresión de disgusto, aceptó. La estrategia había sido un éxito.

Salimos de la librería y caminamos los dos juntos hasta la estación. Por el camino farfulló un par de veces «me pregunto si de verdad podrás hacerte cargo tú sola de la librería; me preocupa un poco», a lo cual yo le contesté con tono decidido «claro que sí, déjalo de mi cuenta».

En esta época del año, al anochecer ya hacía bastante frío. Me ajusté un poco mejor la bufanda. A mi lado el tío Satoru seguía murmurando y cada vez que lo hacía su blanco aliento se difuminaba entre las tinieblas para ir desapareciendo poco a poco.

Capítulo siete

N ada más despertarme por la mañana, recogí el equipaje donde había metido ropa para dos días y salí hacia la librería Morisaki. Mis tíos habían salido de viaje a primera hora, así que hoy, de la mañana a la noche, yo sería la encargada de llevar la tienda durante el día entero. Pensando en ello, mi corazón, como es natural, se emocionaba.

En parte también por eso, salí de casa una hora más pronto de lo debido, con el resultado de que me tocó lidiar con la hora punta de entrar al trabajo. En el caso de mi oficina, lo normal es que entre a las diez, por lo que ya ha pasado el pico de la hora punta. Por eso, encontrarme con el transporte tan abarrotado era una experiencia que no conocía desde los tiempos de mi anterior empleo. Debido a que el entrenamiento adquirido entonces a la hora de cómo soportar mejor los trenes atestados era ya algo de un pasado lejano y enterrado en el olvido, iba siendo empujada a derecha e izquierda por un torrente incesante de gente mientras me asfixiaba con la respiración de la masa humana circundante. Al menos treinta veces debió brotar desde el fondo de mi corazón un lamento silencioso.

Antes, cuando todas las mañanas me veía mecida por el traqueteo de los trenes abarrotados en hora punta, a menudo me topaba con gente de lo más extraña. Unos que daban miedo farfullando a solas, otros a los que les daba por gritar, algunos que con indisimulada mala intención hacían chocar su cuerpo con el vecino para provocar... Que si este hombre me ha toqueteado, que si una pelea... Cada dos por tres había un problema que al final terminaba afectando al vagón entero. Cuando ya desde la primera hora de la mañana tienes que ver esas cosas, empiezas la jornada medio deprimida sin quererlo.

Sin embargo ese día, cuando por primera vez en mucho tiempo me sumergía en el malsano ambiente del vagón en hora punta, me pareció que resultaba comprensible hundirse en ese estado de ánimo. Cualquiera que se viera encerrado todas las mañanas en un ambiente así terminaría con el carácter cada vez más trastornado.

Conseguí aguantar quince minutos infernales de trayecto y, al bajar en la estación de Jinbocho, me fui directa a la librería. Apenas pasaban unos minutos de las nueve. La librería abría a las diez, así que, como suponía, estaba llegando demasiado pronto. Como ya no tenía remedio, me puse a limpiar un poco por aquí y por allá y, antes de que me diera cuenta, se había acercado la hora de abrir.

—Bueno, allá vamos...

Pletórica de fuerzas, subí animada la persiana de la librería dando comienzo a mi primer día. Mi trabajo consistiría en abrir por las mañanas, estar allí tras el mostrador todo el día, y al llegar la noche, meter la recaudación en la caja fuerte y volver a echar la persiana. No hace falta aclarar que carecía del conocimiento necesario para poner precio a algún libro valioso, por lo que si acudía alguien para venderme uno de esos ejemplares, lo único que podría hacer sería explicarle la situación y pedirle que me dejase guardar el libro un par de días. Por tanto, tratándose tan solo de dos o tres días, debería poder encargarme del establecimiento sin mayor problema.

Al echar una ojeada a la calle vi que las otras librerías estaban también comenzando a abrir. De alguna parte me llegaba el olor de las flores del osmanto, tan característico del otoño. En ese momento, mi mirada se cruzó con la del señor Iijima, el dueño de otra librería de volúmenes de segunda mano que está casi enfrente de esta, al otro lado de la calle.

—Buenos días —le saludé.

—¿Eh? ¿Dónde anda hoy Satoru?

—Ha salido de viaje.

Entonces el otro abrió mucho los ojos, como atónito.

—Eso sí que es una sorpresa. A lo mejor va a llover y todo.

—Pues si llueve, disculpe usted.

Por si las moscas, le pedí perdón de antemano.

Como de costumbre, por la mañana apenas entró ningún cliente. Pero no tenía nada de extraño, era lo habitual. Me sentí por completo metida en mi papel. Solo tenía que pasar el plumero por los libros mientras esperaba tranquilamente a que acudiera algún cliente. Para ser sincera, me bastaba con estar rodeada de libros para ser feliz. Aunque no viniera ningún cliente, estaba disfrutando de sobra.

Sin embargo, lo que sí me enervó fue que a lo largo de la mañana mi tío telefoneó hasta tres veces. Por lo visto, solo con estar lejos de la librería ya se preocupaba. Como ya estaba cansada de hablar con él, la última vez me limité a tranquilizarlo con tres o cuatro palabras y corté enseguida.

El tiempo transcurría muy despacio. Atendía a los clientes que entraban en un espaciado goteo, pasaba el plumero por las estanterías o me ponía a ordenar los montones de libros pegados a la pared. Y, si alguno me llamaba la atención, lo ojeaba y leía unas páginas.

Ya que había surgido la oportunidad, me puse también con *El elogio de la sombra* de Tanizaki. Una profunda reflexión acerca de las sombras relatada a través de sus propias experiencias. Su escepticismo sobre la conveniencia de la excesiva iluminación actual de las ciudades japonesas. El poder de aquella prosa me hacía sentir como si el propio autor estuviera hablándome a mi lado. Me fue arrastrando cada vez más hasta que me metí por completo en el libro.

∽

Cuando por fin llegó la tarde, se puso a llover en serio. Al principio parecía una llovizna, pero se fue intensificando progresivamente y antes de que una quisiera darse cuenta, la calle Sakura estaba por completo a oscuras.

Para las librerías de segunda mano, la lluvia no es sino su enemigo natural. Si los libros se mojan, es una desgracia, y además en cuestión de minutos el número de viandantes se reduce a ojos vista. Me apresuré a salir para recoger los libros de la mesa con ruedecitas que sacamos a la calle y vi que todas las librerías estaban ocupadas en la misma tarea.

El señor Iijima, que a la hora de abrir bromeó con aquello de «a ver si va a llover», ahora estaba también inmerso en su propia lucha contra la lluvia.

—Pues ha llovido de verdad, ¿eh?

—Eso parece, sí.

Intercambiamos una sonrisa mientras metíamos las mesitas en nuestros respectivos negocios.

El cielo se había cubierto de una espesa capa de nubes y la lluvia caía cada vez más fuerte. Me pregunto si habrá sido una buena idea hacer que mi tío saliera de viaje. Espero que por lo menos a ellos no les llueva.

Hmm... Parece que hoy voy a tener poco trabajo, me dije mientras volvía al interior.

Al cerrar la puerta tras de mí, el furioso sonido de la lluvia que se oía afuera cambió a un suave susurro. El característico y tenue olor que deja la lluvia al empapar las calles se filtró dentro del establecimiento, mezclándose con el de los libros viejos.

No entraba ni un solo cliente.

Sentada en mi puesto tras el mostrador, permanecí largo tiempo con los ojos cerrados. Reinaba una calma absoluta. Concentrándome en escuchar los sonidos, se distinguía el de las gotas de agua al impactar contra los cristales y, más a lo lejos, el de los coches al abrirse paso entre la lluvia. Me entró la extraña sensación de que me había convertido en parte de la librería. Era como si abandonase mi propio cuerpo y mi consciencia se extendiera por todo el recinto. Me resistí a seguir pensando así y me repetí que yo era tan solo alguien a quien habían dejado al cargo de la librería. Aun cuando no tuviera nada que hacer por falta de clientes.

Pero lo cierto es que, al estar rodeada por toda esa cantidad de libros cuya existencia se ha prolongado durante tantos años, la percepción misma del paso del tiempo se altera y creo que se percibe con más claridad que la propia existencia forma parte de ese transcurso del tiempo. Si dividimos los trabajos en dos categorías, «calma» y «movimiento», el trabajo de una librería de segunda mano se inscribe evidentemente en los primeros. Por supuesto que todas las tareas no pueden ser reducidas a una dualidad tan sencilla. Sin embargo, en cuanto a la imagen se refiere, lo cierto es que la ocupación en una librería de segunda mano corresponde a la «calma». Estando ahora aquí sentada, es como si mi ánimo hubiera encontrado el recipiente perfecto donde acomodarse y siento que me gustaría permanecer así para siempre.

¿Habrá sentido lo mismo mi tío alguna vez? Sí, cien veces más que yo, sin duda. Antes de pertenecer a mi tío, esta librería fue de mi bisabuelo y después de mi abuelo. Probablemente, uno de los motivos por los que mi tío está orgulloso de tener una librería en este barrio es porque de esta manera está honrando la memoria de los que consiguieron que siguiese en pie hasta hoy.

Mientras miraba la ventana empañada por la lluvia, mi mente divagaba con este tipo de ideas que no iban a ninguna parte.

Pasadas las cuatro, cuando ya apenas llovía, me sobresaltó el inesperado traqueteo de la puerta al descorrerse.

—¿Qué hay? Vengo a molestar un poco...

Llevaba tanto tiempo sin un cliente que me levanté con un brinco de sorpresa. Pero al ver que era Sabu, contesté «bienvenido» imitando el tono de mi tío y me volví a sentar. Por lo visto venía a ver qué tal me iba para pasar un poco el rato. Sonreía con la clarísima intención de burlarse de mí y no comprar nada. Por probar a ver qué pasaba, le serví una taza de té, y él, tomándola con un gesto como si estuviera rezando, sorbió el contenido ruidosamente.

Yo, como estaba un poco mustia luego de tanto tiempo en completo silencio, en el fondo me alegraba de la visita de Sabu. Entonces, decidí darle un poco de charla.

—¿Qué, cómo te va hoy? —preguntó Sabu de la misma manera en que se dirigía siempre a mi tío.

—Pues hoy, a dos velas.

Al oír mi respuesta, Sabu soltó su habitual «ju, ju, ju», riéndose en voz baja. Aquella risa resonó en toda la librería. Acostumbrada a la tranquilidad que había reinado hasta hacía unos momentos, aquella risa producía un efecto curioso. Bastaba con esa prueba de la presencia humana para que el ambiente fuera por completo diferente. Un ambiente que me pareció igualmente válido.

—Tú también eres un poco rara, ¿eh? Tomándote la molestia de venir todas las semanas a un sitio como este, donde nunca hay nadie.

—Tú sí que eres raro, Sabu. Viniendo todos los días por aquí.

—No, no digas eso, que me da vergüenza.

—No hace falta que seas tan modesto...

—Tú me ganas.

—Ya empezamos. Pero si a ti no hay quién te gane.

Mientras tomábamos tranquilamente nuestro té, nos decíamos esa clase de estupideces con toda la seriedad del mundo.

Tal y como ya suponía, Sabu se marchó sin comprar nada y poco después, según atardecía, aquella lluvia que ya se había debilitado desde antes cesó del todo. El reloj de la pared marcaba con precisión cada minuto y cuando me quise dar cuenta ya eran las siete, hora de cerrar. No sabía muy bien si el tiempo allí se me había hecho largo o corto. Me levanté despacio y me entregué a las tareas propias del cierre.

Justo en ese momento, como si lo hubiera calculado a propósito, llamó mi tío por teléfono. Le comuniqué que había conseguido cerrar la tienda sin problema y le pedí por favor que al día siguiente telefoneara únicamente una vez. «Bueno, entonces pongamos un término medio. Llamaré tres veces», me gritó antes de colgar. En fin... No sé con qué cálculos habría obtenido ese término medio...

❦

La habitación del segundo piso me pareció todavía más acogedora que antaño. Momoko, que antes vivió un tiempo aquí, se había instalado definitivamente en Kunitachi con el tío Satoru, por lo que nadie la usaba. Aun así, Momoko debía cuidar del lugar, porque estaba limpio y con los libros bien ordenados. Unas macetas con geranios y gerberas adornaban el alféizar de la ventana y Momoko había pegado junto al marco una nota con instrucciones sobre su riego. Si se me olvidaba, seguro que se pondría hecha una furia. En el centro de la habitación se asentaba la mesita baja que tan buen servicio me había brindado en los tiempos en que vivía aquí.

Después, como quien disfruta sintiendo escalofríos, descorrí solo un poco el panel que conectaba con la pequeña habitación contigua. Distinguí entre la penumbra que el cuarto estaba atestado con montañas de libros. Recortándose contra la oscuridad, los negros contornos de aquella masa de libros que yacía silente causaban una impresión ominosa. Volví a correr suavemente el panel y, una vez cerrado, decidí que haría como si no hubiera visto nada.

Justo en ese momento el teléfono móvil que había dejado sobre la mesita comenzó a vibrar. Al mirar la pantalla vi que era Wada quien llamaba. Como le había dicho que a partir de hoy me encargaría de la librería, debía estar preguntándose cómo me había ido.

—¿Todo ha ido bien?

—Sí, perfecto. ¿Qué tal hoy en el trabajo? ¿Ocupado?

—Pues ahora mismo sí. Todavía estoy en la oficina.

—Vaya, debes estar cansado. No debe quedarte tiempo como para escribir tu novela, ¿no?

—Bah, no pasa nada, no hay ninguna prisa. Bueno, vuelvo al trabajo.

—Vale. No trabajes demasiado, ¿eh? Gracias por llamar a pesar de estar tan ocupado.

Aquella noche, después de tomar una cena sencilla y darme una ducha, no me quedaba nada especial por hacer. Me tumbé en el futón con uno de los libros que saqué a voleo de la estantería y comencé a pasar las páginas distraídamente. Sin embargo, me entraba el sueño y no podía concentrarme. Pero dormirme ya, sin más, me parecía un desperdicio. Una arañita paseaba por el techo. Relajada y sin pensar en nada concreto, me dediqué a mirar sus idas y venidas.

Finalmente, me levanté como impulsada por un resorte y probé a asomarme por la ventana. Al instante sentí cómo penetraba en la estancia el frío aire del otoño. Allí arriba, a lo lejos, se veía la luna con su brillo plateado. El bullicio de la gran ciudad sonaba también muy lejano. Los coches que circulaban con un sonido sordo, las voces de gente que pasaba por la calle... De pronto, sonó muy cerca el traqueteo de la persiana metálica que alguien bajaba al cerrar su negocio y al apagarse aquel ruido reinó la calma.

—Elogio de la sombra...

No sé si la expresión se ajustaría a momentos como ese, pero se me escapó en un susurro. Acto seguido, apagué la luz de la habitación y, sentándome junto a la ventana, cerré los ojos.

Hace tiempo pasé en esta habitación muchas, muchas noches. En aquel entonces no tenía la misma consciencia del paso del tiempo. Ya no existo en aquellos días. Son días que se han marchado a algún lugar muy lejano. De ninguna forma puedo volver al pasado. Al pensar en ello, sentí como si una aflicción vagamente agradable se extendiera por mi interior.

Pero no hacía falta ni pensarlo. Ahora yo era muchísimo más feliz que antes.

Hasta ahora mi vida había sido bastante corriente, pero no exenta de altibajos. Tuve mis propias preocupaciones y mis atascos. También tuve mis momentos en que me hubiera gustado hundirme en el fondo de un oscuro mar y no volver a salir a la superficie. Pero ahora, estando así en medio de esta noche tan tranquila, puedo comprender a la perfección que he tenido suerte en la vida y que me he cruzado con muchas personas buenas que me han ayudado. Sí, verdaderamente muchos encuentros felices. Al abrir lentamente los ojos, percibí cómo la luna vertía su suave luz a través de la ventana. Inmersa en aquella luz, sentí que una nube de felicidad me iba envolviendo poco a poco.

Y entonces, qué cosa tan extraña... Una serie de recuerdos de la infancia descorrieron de golpe el cerrojo que les encerraba y comenzaron a aflorar uno tras otro en mi memoria.

A pesar de las apariencias, de niña andaba sumida en un mar de dudas y preocupaciones. Es más, posiblemente muchísimo más que en mi edad adulta. Era hija única, tímida, y quizá por culpa de que mis padres estaban siempre ocupados con su trabajo y apenas podía pasar tiempo con ellos, carecía de la capacidad de dar salida adecuadamente a mis inquietudes y tristezas.

Así, no podía hablar con otras personas y, como no encontraba el hilo que pudiera desmadejar mis problemas y mis penas, se iban enredando cada vez más hasta que, cuando me metía bajo el futón por las noches, me sentía tan intranquila como si un globo gigantesco me estuviera oprimiendo el pecho. Por supuesto que, tratándose de una etapa infantil, pensándolo ahora, las mías eran casi siempre preocupaciones por cuestiones ridículas. Me deprimía pensar en la voltereta que había que dar en el examen de educación física que me esperaba al terminar las vacaciones de verano, me asustaba del cerezo que había en nuestro jardín porque había escuchado rumores de que los cerezos crecían sobre los cadáveres o me desesperaba porque uno de los chicos de la clase me había puesto el mote de «la huesos» (en aquel entonces yo era flaca y larguirucha).

Para una niña así, la idea de pasar largo tiempo en casa del abuelo cada vez que había vacaciones era el mayor de los consuelos. Allí estaba también el tío Satoru, que siempre me aguardaba con muchas ganas de verme. Aquello suponía una enorme tabla de salvación para mí. La habitación de mi tío era como un muro defensor que me protegía. Si conseguía llegar hasta allí, ya podía respirar tranquila. No tenía que preocuparme de nada.

En aquella habitación, cuando mi tío tenía que enfrentarse a todo lo que yo, sin mayor preámbulo, le iba soltando, siempre escuchaba con cariño. Podía estar horas hablando con él. Cuando por fin se cansaba de escuchar mis historias, echaba mano de su colección de discos, escogía el que le pareciese entonces y nos poníamos los dos a cantar a viva voz las canciones que incluía. Si alguna vez montábamos demasiado escándalo, el abuelo, que estaba con los parientes en el salón, salía disparado hacia nuestro cuarto con el rostro enrojecido de cólera y nos soltaba unos cuantos gritos. Mi tío y yo, con el rostro contrito, nos disculpábamos simulando estar arrepentidos, pero cuando nos volvíamos a quedar a solas nos echábamos a reír. En cuanto a mí, que en el colegio era siempre tan cobardica, cuando estaba con mi tío me volvía osada y era como si no fuese la misma persona.

Me parecía que aquel desasosiego tan difícil de describir con palabras se iba difuminando gradualmente. Aunque un poco antes me sentía como si el mundo a mi alrededor se marchitase a marchas forzadas, cuando estaba con mi tío era, por el contrario, como si se abriese cada vez más ante mí.

Pensándolo ahora, todos mis recuerdos de aquellos días que pasé junto al tío Satoru eran como un claro soleado en medio del profundo bosque, donde se podía entrar en calor.

No sé si se trataba de nostalgia o de un deseo de volver a aquellos días, pero por algún motivo estaba a punto de llorar.

En aquella habitación iluminada únicamente por la luna, mientras desempolvaba uno por uno los cálidos recuerdos que habían permanecido dormidos al otro lado de la puerta de mi memoria, fui cayendo en las redes del sueño.

Capítulo ocho

La mañana siguiente se despertó con un límpido y soleado cielo de otoño en el que apenas nadaban unos pocos jirones de nubes. Los charcos despedían destellos cegadores al acoger los rayos de sol.

—Hoy no lloverá, ¿verdad? —me preguntó con voz desconfiada el señor Iijima desde la acera de enfrente.

—Pues, eso creo, pero...

—Como llueva hoy, la próxima vez que oiga que Satoru pretende salir de viaje, pondré todo mi esfuerzo en detenerle.

No sé si hablaba en serio o en broma pero, dicho esto, el señor Iijima regresó a sus tareas de abrir el negocio.

Sin embargo, sin hacer caso de tales preocupaciones, el tiempo aguantó el día entero. Quizá también gracias a eso, en la librería se vendió mucho más que el día anterior. Desde por la mañana, el goteo de clientes no cejaba y según se marchaba uno, entraba el siguiente. Hasta vendí un libro de Kobayashi Hideo que costaba nada menos que cinco mil yenes.

Después, un poco antes del mediodía, extrañamente entró una pareja de chicas con edad de ser estudiantes universitarias. Ambas tenían cierto aire de ser personas de criterio, con gustos particulares. Una de ellas, que iba con un vestido de flores, llevaba colgando del cuello una cámara réflex de objetivo único que debía de ser bastante cara. Las dos iban sacando un libro tras otro y los ojeaban detenidamente hasta que al final me preguntaron si tenía alguna recomendación que hacerles. Después de pensarlo mucho, probé a recomendarles *Yoake mae* (Antes del amanecer) de Shimazaki Tōson y pareció gustarles la idea, porque lo compraron.

—¿Podría hacer unas fotos?

Cuando parecía que se iban a marchar, la chica de la cámara me hizo esta pregunta en un tono de lo más educado. Dijo que era para un trabajo de estudios.

—Eh... sí, adelante.

Entonces, con los ojos centelleantes, comenzó a sacar fotos de la librería.

—Si puede ser, me gustaría sacarle a usted también.

Dado que así lo pedía, me senté en mi silla tras el mostrador, aun a disgusto. Debía tener el rostro muy tenso porque la chica, un poco cohibida, me dijo «¿podría pedirle que estuviera con el mismo aire de siempre?». Entendía lo que quería, pero ¿cómo iba a hacerlo teniendo delante una cámara? Para empezar, lo más normal era que nunca tuviera nada que hacer, por lo que mi expresión habitual era la de estar sentada con la mirada perdida. Si me sacaran una foto con semejante cara, era como estar invitando a que se rieran de mí. Al final, poniendo mil y una excusas, me fui retirando hacia una esquina de la librería como quien huye.

—La verdad es que ya me gustaba de antes el aspecto de esta librería y por eso tenía ganas de fotografiarla —me dijo la chica mientras apretaba el disparador de la cámara.

La chica que iba con ella también estaba sonriendo todo el tiempo. Lo cierto es que ambas eran bonitas y simpáticas.

—Vaya... ¿De verdad?

—Tiene un sabor especial, una atmósfera encantadora.

—Ah, pues ahora que lo dice, sí, supongo que sí.

Contestaba sin entusiasmo. Ciertamente, no se puede negar que este tipo de tiendas en antiguas casas de madera de dos pisos tienen su encanto. Pero la primera impresión que tuve yo al entrar aquí se puede resumir en una sola palabra: vetusta.

—Por cierto que... como normalmente... pues...

—Ah, ya. Quiere decir que no se atrevía a hablar con el cascarrabias cincuentón que está siempre, ¿no? —le dije con una sonrisita significativa.

La chica se azoró a ojos vista.

—N... no, no quería... Bueno, sí, me pasaba eso.

—Ya me imaginaba yo.

Sin importarme la cara de sorpresa de ambas, solté una sonora carcajada.

—Ha sido usted una grandísima ayuda. Muchísimas gracias. Y también nos leeremos el libro, claro.

Cuando terminaron de hacer las fotos, las chicas se despidieron cortésmente y se marcharon.

Así pues, incluyendo además este episodio, entre unas cosas y otras tuve bastante que hacer y antes de que quisiera darme cuenta, ya era de noche. Comprobé las anotaciones del cuaderno de ventas para ver si cuadraban, guardé la recaudación del día en la caja fuerte y, tras limpiar un poco por encima, cerré la librería. El día había sido por completo distinto al de ayer y, curiosamente, mi tío no llamó ni una sola vez. ¿Sería que por fin había decidido confiar en mí? Imagino que se me puede calificar de caprichosa, pero hoy que no telefoneaba, me parecía como si me faltara algo. En cualquier caso, terminé los pormenores del cierre y decidí salir a comprar algo para preparar la cena.

Hemos quedado en que Tomo-chan vendría esta noche a pasar un rato juntas. Cuando la llamé por teléfono para contarle que por primera vez en mucho tiempo estaba viviendo unos días en la librería, enseguida me dijo que cuando saliera del trabajo quería venir sin falta a divertirse un rato conmigo y así lo decidimos. En los tiempos en que estuve viviendo aquí, Tomo-chan venía a menudo a hacerme compañía y le encantaba este lugar.

Como ella me dijo que llegaría hacia las nueve, opté por hacer lo mismo que la tía Momoko cuando vivía en la librería, que elaboraba aquí sus comidas. Puesto que Momoko preparaba también a diario el almuerzo para mi tío, en el segundo piso había arroz, salsas y otros condimentos. Guiso de pollo con algas, tofu frito en salsa, *sanma* asada a la sal, sopa de *miso* con nabo y tiras de costras de tofu frito, y arroz con espolvoreado de *shiso* rojo. Menú japonés cien por cien aprendido directamente de la tía Momoko. Como la cocina de gas tenía un único fogón, la preparación de los platos me llevó más tiempo del calculado. Me quedé admirada de que Momoko pudiera prepararse la cena todas las noches contando solo con esto.

A las nueve en punto escuché en la puerta trasera una enérgica voz que decía «¡Buenas noches!», así que bajé las escaleras para dar la bienvenida a Tomo-chan.

—Oye, qué olorcito más rico…

—Bueno, es que he estado cocinando algunas cosas. Todavía no has cenado, ¿no? Mi idea era cenar juntas.

—¡Estupendo! Perdón por la molestia.

—No, no hay de qué. Total, yo también tengo que comer.

Tomoko estaba antes contratada como camarera temporal por horas en el Subol y fue ahí donde nos conocimos y nos hicimos amigas. Desde la primera vez que la vi tuve la impresión de que podríamos llegar a ser buenas amigas. Ya más adelante, cuando se lo comenté, me dijo para mi alegría que en aquel momento ella también sintió exactamente lo mismo. En adelante, se convirtió para mí en una amiga como es difícil encontrar otra.

Es una mujer de piel muy clara y un pelo negro muy lustroso que, de alguna manera, despide un aura sosegada al hablar. Creo que la expresión «una belleza de estilo japonés» se refiere a las mujeres como ella. Además había cursado estudios de posgrado especializándose en literatura japonesa, con lo que demostraba ser una mujer de gran talento. Según tengo entendido, ahora está empleada como archivera en la biblioteca de cierta universidad. Hoy venía con un elegante vestido negro y un collar terminado en un adorno con forma de pájaro. Siempre pienso que Tomoko tiene el don instintivo de escoger la forma de vestir que mejor le sienta.

Pusimos en la mesita los platos que preparé con la ayuda de Tomoko. Para comer dos personas, resultaba un tanto estrecha, pero no quedaba más remedio.

Nada más dejarse caer en el cojín colocado frente a la mesita, Tomo-chan empezó a pasear la vista por la habitación y, como saliéndole del alma, comentó:

—Ah, hace cuánto tiempo que no venía a esta habitación… Qué a gusto se siente una aquí…

Después, sus ojos se posaron en el *Ahō ressha* (El tren de los tontos) de Uchida Hyakken que dejé anoche junto a la ventana cuando, metida bajo el futón, terminé de leer un rato con el ánimo de sentir que yo misma estaba viajando.

—Eh, ese libro también lo he leído yo —dijo con ojos centelleantes.

Ahō ressha * es un libro de viajes escrito a principios de los años cincuenta. Está protagonizado por un hombre que no viaja por ningún asunto en particular, ni desea visitar lugar alguno sino que, por un motivo impreciso, anhela viajar, es decir que su objetivo es el hecho en sí mismo de viajar. Lo divertido del libro es la seriedad con que se comporta en todo momento ese hombre que ya pasa de los sesenta años y que se mueve por las ocurrencias de cada momento, que son, por decirlo claramente, a cual más absurda e improductiva. El texto es tan fluido como el agua y deja un profundo sabor de boca pero, además, solo con leerlo ya produce la ilusión de estar viajando y, por si fuera poco, permite entrever las costumbres y la forma de vida del momento.

—El maestro Hyakken es muy entretenido, ¿verdad? —añadió sonriente Tomo-chan.

La forma tan espontánea con que pronunció lo de «maestro Hyakken» delataba un profundo cariño por el autor.

—Sí, muchísimo. Y su compañero de viajes, Himalaya Sankei**, es muy divertido también. Una se encariña enseguida con esa pareja.

—A mí también me hubiera gustado viajar con ellos...

—Pero si de verdad se estuviera junto a ellos, igual eran personas difíciles de tratar, ¿no crees?

—Yo creo que son dos vejetes alegres y encantadores.

Tomo-chan dejó escapar una risita adorable. Su expresión revelaba casi un instinto maternal, que me sorprendió enormemente.

---

* N. del T.: El título forma un juego de palabras, con un lugar ficticio llamado Aho y la palabra *ahō*, que en algunas regiones significa «tonto».

** N. del T.: El nombre es homófono de «cordillera del Himalaya». Hyakken llama así en la novela a su amigo Hirayama Saburo.

Tomoko come muy despacio, masticando bien. Como, por contra, yo soy bastante impaciente a la hora de comer y voy muy deprisa, intentaba aprender de ella y me esforzaba por masticar despacio. Por suerte, los platos que preparé parecieron gustarle mucho. De por sí, ella no come demasiado y por lo visto últimamente andaba muy ocupada de trabajo, por lo que se alimentaba de cualquier manera y, según dijo, llevaba mucho tiempo sin tomar platos típicos de la comida japonesa. Viendo cómo la persona frente a mí sonreía y me decía «qué rico», me entraron ganas de sonreír a mí también.

Mientras cenábamos, aprovechamos para hablar de varios temas. De nuestros respectivos trabajos o de los libros que habíamos leído recientemente. Aunque solíamos escribirnos a menudo por correo electrónico o hablar por teléfono, desde luego era mucho más agradable vernos y poder contarnos las cosas cara a cara. Así que, terminada la cena, continuamos sentadas en torno a la mesita hablando de nuestras cosas.

—La verdad es que te viene al pelo el trabajo de archivera de biblioteca.

—Bueno, es solo una biblioteca de universidad. En realidad, me encantaría trabajar en la Biblioteca Nacional del Parlamento.

—Ah, en esa biblioteca tienen todos los libros que se han publicado en Japón hasta ahora, ¿no?

—Sí, eso es. Pero suspendí las pruebas de admisión.

—Vaya, qué lástima.

—Sí, bueno, la biblioteca donde trabajo ahora no es muy grande, pero aun así, en el depósito de acceso restringido tienen muchos libros antiguos de gran valor, y resulta muy emocionante. Lo que más cansa es lidiar día a día con la energía de los jóvenes estudiantes.

Tomoko hablaba con un tono de voz suave y en todo momento se notaba que era una persona muy educada. Usando los palillos con una mezcla de habilidad y elegancia, no dejó del pescado más que la cabeza y las espinas. En cambio, el aspecto que ofrecía mi plato al terminar de comer no era precisamente digno de elogio. Estaba claro que no nos habían educado igual. Lo cierto es que, en su terruño natal, sus padres poseían la mayor empresa constructora de la comarca. Era lo que se llama «una niña bien». Aunque ella siempre se defendía diciendo que «no es para tanto».

—¿La energía de los jóvenes? Ni que hubiera tanta diferencia de edad...

—Pero yo no tengo ya esas fuerzas.

—¿No habrás llegado a hacer buenas migas con alguno de esos jóvenes estudiantes?

Si en la recepción de la biblioteca se sentaba una chica como Tomoko, ¿no debería haber un buen número de estudiantes que se sintieran atraídos por ella? En mi cabeza le daba vueltas a la idea y me imaginaba a esos chicos mirando a Tomo-chan desde una cierta distancia mientras se les aceleraban los latidos del corazón. Sin embargo, mi amiga borró de un plumazo mis fantasías.

—No, para nada. Pero ¿y tú, qué? ¿Marchan bien las cosas con Wada?

—Eh, pues... sí, sí.

Al ver que, inesperadamente, la pregunta se volvía contra mí, me azoré un poco.

Como si hubiera estado esperando el momento, justo ahí comenzó a sonar mi teléfono móvil y, al mirar la pantalla, vi que se trataba de un correo electrónico de Wada. Preguntaba si podía pasar un rato por la librería. Había terminado una serie de tareas y se disponía a marcharse ya de la oficina.

—Wada me dice que si puede venir. ¿Te parece bien?

—Claro, claro. Me gustaría mucho conocerlo.

Le he hablado a menudo de Wada a Tomoko pero todavía no se conocen. Así que pensé que era una buena oportunidad y le dije que viniera. Aunque para tres, esta habitación era un poco estrecha.

«Está Tomo-chan conmigo, pero si quieres, puedes venir».

Le envié esta contestación y, antes de que pasaran diez minutos, escuchamos una voz procedente del exterior que gritaba «¡Hola!».

Al momento oímos unos pasos subiendo la escalera y apareció Wada.

—¡Adelante! —le saludé.

—Buenas noches. Encantada —dijo Tomoko sentada a mi lado con una deslumbrante sonrisa.

—¿Qué hay? Así que tú eres Tomo-chan, digo *san*. Perdón por la intromisión —contestó Wada con una ligera reverencia hacia ella.

—No hace falta lo de *san* —dije yo riendo.

Pero Tomoko, como queriendo responder a la cortesía de Wada, se sentó formalmente y le devolvió la reverencia.

—No hay de qué. Yo soy quien se ha entrometido.

—Wada, todavía no has cenado, ¿verdad? Perdona, pero nos hemos comido todo lo que había. Si hubiera sabido que vendrías, habría preparado también para ti.

—No, no te preocupes. Solo me quedaré un rato.

Por algún motivo Wada parecía estar inquieto y no se relajaba. Sentado a la manera formal en un rincón de la habitación, guardaba las distancias. Cuando le pregunté «¿pero qué te pasa?», me dijo que como era la primera vez que subía a este segundo piso, estaba muy emocionado.

—Pero, como he venido sin permiso del director, me parece mal ponerme a mirar lo que hay…

Por lo visto se moría de ganas de levantarse y empezar a mirar los libros que se almacenaban en este segundo piso, pero se estaba conteniendo con todas sus fuerzas.

—¿Por qué? Ya que has venido, qué se le va a hacer… —le contesté, atónita.

—Es que de pronto me venció la curiosidad. Pero creo que hay una línea que no se debe sobrepasar. No se debe faltar al respeto por ceder a la tentación. Y más teniendo en cuenta que es muy probable que yo le caiga mal al señor Morisaki.

El rostro de Wada acusaba las dudas que corroían su interior y, sentado rígidamente en posición formal, no movía un músculo.

—Veo que, tal y como me contaste, Wada es un hombre muy singular.

—¿Verdad que sí?

Ambas asentimos conteniendo la risa.

—¿Eh? ¿Singular, yo? ¿Por qué?

Como encima Wada preguntaba con esa característica seriedad suya, las dos nos vimos incapaces de aguantar más y estallamos en carcajadas.

A diferencia de la anterior, fue una noche muy animada.

❧

Se acercaba la hora del último tren y, como Tomo-chan tenía que marcharse, Wada decidió irse al mismo tiempo. A mí también me apetecía respirar un poco el aire del exterior, así que bajé con ellos y les acompañé hasta la estación.

Después de despedir a Tomo-chan en la entrada del metro, le pregunté enseguida a Wada qué impresión le había causado.

—Es una chica estupenda, ¿no crees?

—Sí, estoy de acuerdo.

A decir verdad, me preocupaba un poco la reacción que pudiera mostrar Wada al conocer a Tomoko, pero su actitud de desinterés era total. Eso, por una parte me tranquilizaba, pero por otro lado me fastidiaba que no comprendiese lo maravillosa que era esa amiga mía de la quería presumir. *¿Cómo es que este hombre no sabe apreciar el encanto de esa chica?*, me decía rechinando los dientes en mi fuero interno.

De pronto, Wada comenzó a hablar dubitativo.

—Pero esa chica…

—¿Qué?

—No sé, es una sensación imprecisa, pero parecía que estaba ahí y, a la vez, que no estaba.

—¿Cómo?

—Es difícil de explicar. Daba la impresión de que estaba acostumbrada a estar siempre sola. O quizá es como si hubiera decidido mantenerse apartada de los demás.

—¿Tú crees? A mí no parece en absoluto que sea así.

El comentario de Wada me había resultado tan inesperado que me veía incapaz de digerirlo. Hasta entonces estaba convencida de que Tomo-chan era una chica agradable, que le gustaba a todo el mundo.

—Quizá se podría expresar como que es una mujer que ha aprendido la técnica de protegerse a sí misma. No sabría explicarlo bien y puede que yo lo haya captado porque mi personalidad también tiene algo de eso. En cuanto crucé la mirada con la suya fue como si hubiera sentido el olor de alguien de mi misma especie. A lo mejor fue una falsa impresión porque me sentía cohibido. Lo siento, olvídate de todo lo que he dicho.

Al escuchar eso, más que lo referente a Tomoko, me afectó lo que se refería a él. Aquel comentario... Me entristecí al comprender que, como ya presentía, Wada no me había abierto por completo su corazón.

—Bueno, yo también me despido ya —dijo Wada parándose junto a un semáforo de la avenida.

—¿Quieres quedarte a dormir en la librería? —le invité como medio en broma.

—No, es que el director...

—Sí, ya entiendo —le corté.

Era evidente que iba a contestar eso, por lo que tampoco me decepcionó demasiado. Pero sí que me entristecía un poco haber sabido que me lo diría.

—Buenas noches.

Me despedí sin darle tiempo a responder para que no advirtiera mi estado de ánimo y, dando media vuelta, regresé a la librería casi corriendo.

෴

Al día siguiente, desde por la mañana, me sentía incapaz de ordenar mis ideas.

Sentada en mi silla del mostrador, estaba perdida en mis pensamientos. Desde que intimé con Wada, mi cabeza se dividía en una parte que aprobaba mi comportamiento y en otra que lo rechazaba, con una discusión constante entre ambas. Ese día, ya desde temprano, era una encendida discusión.

Mis emociones respondían ante el recuerdo de cada palabra y cada movimiento de Wada, y me desesperaba mi propia actitud de buscar en ellos muestras de mayor o menor cariño hacia mí. Pero supongo que eso es lo normal cuando estás enamorado de alguien.

Entonces, esa mitad mía que aprobaba mi comportamiento le decía a la otra mitad «eso es una muestra de lo mucho que le quieres», mientras que la contraria, sin darse por vencida, respondía al instante «pues por cosas como esas es por lo que resultas una mujer fastidiosa». Parece que hoy era un día en que la parte negativa estaba en buena forma y la positiva llevaba las de perder.

—Disculpa...

Me sobresalté al ver que de pronto alguien me dirigía la palabra. Alcé el rostro a toda prisa y me encontré con que Takano, el empleado de la cafetería, me estaba mirando fijamente desde el espacio entre dos estanterías, como si estuviera medio escondido.

—¡Pero...! Takano-kun, ¿cuándo has entrado?

—Ahora mismo.

Al mirar el reloj vi que ya era casi mediodía. Debía de haberse acercado aprovechando un tiempo de descanso en el establecimiento. Takano vestía una camiseta con las mangas hasta un poco por debajo del codo y con una imagen estampada ya muy deteriorada, que parecía el ratón Mickey. Este joven, aunque fuera un día frío, siempre iba con poca ropa. ¿Será que en el fondo de su corazón todavía se siente un muchacho?

—Si estabas aquí, ya podías haber dicho algo. O mejor, no entres de manera tan sigilosa.

—Sí, perdón. Pero sí que hablé. Lo que pasa es que parecías ensimismada en tus pensamientos con cara de preocupación...

Takano se rascó confuso la cabeza sin entender por qué me enfadaba con él. Por mi parte, era consciente de que le estaba haciendo pagar el pato sin tener ninguna culpa y eso me hacía sentir mal.

—Bueno, ¿y qué es lo que quieres? —le pregunté después de aclararme un poco la garganta.

—Pues, es que le oí al jefe que desde antes de ayer atiendes sola la librería...

—Sí, así es.

—Y entonces quería aprovechar para hablarte de algo.

—Bueno, venga, dilo de una vez.

Como, por más tiempo que pasara, Takano no parecía decidirse, comencé a impacientarme.

—Pues se trata de... eh... de Tomoko Aihara.

—¿Tomo-chan?

¿Será eso que llaman *déjà vu*? Estaba segura de que ya había vivido esa misma situación antes. Un día que estaba sola en la librería, vino Takano y comenzó a hablarme de Tomo-chan...

Sí, cierto, Takano estaba enamorado de Tomo-chan. Y además, de un modo salvaje. En aquella ocasión, al saber que yo era amiga de ella, Takano me pidió si podía presentársela. Pero después, aunque durante un tiempo mantuvieron una relación fluida, Tomo-chan dejó el trabajo temporal en la cafetería por uno fijo, y desde entonces la relación entre ambos se había estancado.

—Bueno, ¿y qué pasa?

Apoyando un codo en el mostrador y la mandíbula en la mano, le contesté con absoluta desgana. Sinceramente, ya tenía bastante con lo mío como para interesarme por las cosas de Takano-kun.

—Tampoco hace falta que contestes con esa cara de fastidio, ¿no? —dijo Takano, contrariado—. Ya me imagino que alguien como tú, que pasa los días tan feliz, no puede ni imaginar cómo me siento.

—Oye, vienes aquí cuando te da la gana, sueltas lo que quieres, ¿y encima te enfadas?

—¿Y cómo no me iba a enfadar?

Después de haber dicho esto, puso cara de estar despreciándose a sí mismo. Qué joven tan lúgubre... Viendo su actitud, no me atreví a seguir echándole en cara nada. Pensé que me evitaría muchos problemas si no le mencionaba que Tomo-chan había estado anoche aquí.

—Bueno, en cualquier caso, ¿puedes hacerme el favor de escucharme durante un rato? —añadió Takano terminando con un suspiro de tristeza.

A continuación, me contó lo siguiente.

Después de que Tomo-chan dejara la cafetería, continuaron el contacto intercambiando correos electrónicos (con los libros como tema principal). Aun así, siempre era Takano quien enviaba el correo inicial por lo que, con intención de no molestar demasiado, los espaciaba bastante. Pues bien, hace cosa de unos dos meses, cuando envió un nuevo correo tras haber dejado pasar un tiempo prudencial, ya no fue que no le contestasen, sino que el correo ni llegó a destino. Más tarde, probó varias veces a enviar otros correos, pero todos le eran devueltos como error, así que ella no había llegado ni a verlos.

—Entonces, ¿quieres decir que te ha bloqueado el acceso? Los que envío yo llegan perfectamente.

No me parecía que Tomo-chan fuera una persona capaz de hacer algo así. Si realmente lo hizo, entonces debía ser porque Takano había procedido de manera imperdonable. Por probar, le envié en ese momento un correo que decía «Gracias por haber venido anoche; hasta la próxima». Como suponía, apareció sin mayor problema en la bandeja de correos enviados.

Le mostré mi teléfono móvil a Takano, que se quedó mirándolo como si lo fuese a devorar de un momento a otro. Después, tras guardar silencio unos momentos, miró al techo y gritó:

—¡Por quééé!

—Takano-kun, ¿no habrás estado merodeando cerca de su casa, o rebuscando en sus bolsas de basura o escondiendo un micrófono oculto en la pared?

Había oído hablar a menudo de gente que termina por hacer ese tipo de cosas cuando se cansan de que la persona de la que se han enamorado no les haga caso. Pero Takano lo negó enérgicamente con el rostro congestionado.

—¿Por qué iba yo a mancharme con conductas criminales? Es verdad que mi jefe me dice a menudo que no sé captar los sentimientos de la gente, pero no recuerdo haberle hecho nada malo a ella y mucho menos haber merodeado en torno suyo.

—Claro, ya supongo. Perdona. Es que como me parecía muy raro que Tomo-chan hiciera algo así, quería comprobar esa posibilidad. Desde luego que alguien tan tímido como tú no parece capaz de unas mañas como esas.

—Efectivamente —dijo Takano como con orgullo.

En ese momento llegó la rápida respuesta de Tomoko. Por lo visto estaba justo en su hora del almuerzo. En su correo me decía «En agradecimiento por la cena de ayer, la próxima vez vente a mi casa y cocino yo». Me alegré un montón y le contesté

«¡Entonces, la semana que viene mismo!». Takano ya me miraba con una expresión de desesperanza absoluta.

—¿Por qué? ¿Pero por qué? ¿Por qué te contesta solo a ti? —se lamentaba con voz angustiada.

Pero por más que insistiera, yo, como es lógico, no podía saber la respuesta. Sin embargo, al flotar en mi mente la adorable figura de Tomo-chan de anoche, no podía menos que compadecerme de Takano. Si yo fuera un hombre, posiblemente también me enamoraría de Tomoko. Y si me bloquearan las comunicaciones, estaría sin poder levantarme de la cama durante una semana. Desde ayer solo podía pensar en mi relación con Wada, pero ahora que escuchaba lo que me contaba Takano, mi atención volvió al comentario que hizo Wada sobre mi amiga la noche anterior.

—Y entonces, ¿qué piensas hacer?

—Quiero buscar un libro.

—¿Cómo?

Me quedé tan sorprendida ante la inusitada respuesta de Takano, que me salió una voz como si fuera tonta. Pero ¿qué relación podía haber entre buscar un libro y el asunto con Tomo-chan?

—Hay un libro que Aihara-san desea. Fue hace ya bastante tiempo, pero una vez, en el Subol, la escuché hablando con mi jefe y le estaba diciendo que hay un libro que hace tiempo que le gustaría tener. Y que no conseguía encontrarlo. Entonces no hice ningún comentario, pero lo oí.

—¿Y qué libro es ese?

—Si no me equivoco, el título era *Kogane no yume* (Sueños dorados). Se me ha olvidado el nombre del autor pero al parecer es un libro japonés antiguo. Creo que es una novela, pero no estoy seguro.

—¿Y quieres encontrar ese libro para regalárselo?

—El catorce del mes que viene es su cumpleaños, ¿verdad? Entonces pensé que sería ideal para ese día. Pero yo no entiendo de libros hasta ese punto y por eso se me ocurrió que a lo mejor tú lo conocías.

Takano-kun afirmaba que ese era el título, pero yo no había visto jamás en esta librería un libro semejante.

—Bueno, y suponiendo que consigas regalárselo, ¿cómo quieres que reaccione ella?

—No, no espero nada especial. Es solo para quedarme a gusto yo. No creo que por ello vaya a volverse hacia mí ni espero ganarme su simpatía. Si no quiere saber nada de mí, le puedes decir que es un regalo que le haces tú.

Takano llegaba a decir ese tipo de cosas tan admirables. Por su forma de hablar, se comprendía a la perfección que buscaba hacer feliz a Tomo-chan. Me acordé de la letra de aquella canción de *Dona-dona* que nos enseñaban en la clase de música de la escuela primaria sobre un ternero al que llevaban a vender al matadero y del que decía *con esa mirada tan triste*, y comprendí que debía ser una mirada como la que mostraba Takano ahora.

—Es probable que Aihara-san solo me considere como un antiguo compañero del lugar donde hacía un trabajo temporal, pero yo, gracias a que podía ver su sonriente rostro, pude aguantar sin despedirme y me esforcé por cumplir. Por eso, me gustaría transmitirle de alguna forma mi agradecimiento por todos esos años. Si ella se lleva una alegría, para mí ya es recompensa suficiente.

—De acuerdo. Entendido.

Después de haber oído todo eso, no podía quedarme sin colaborar.

—Estando así las cosas, te ayudaré a buscar ese libro. Y si le digo que es un regalo conjunto de nosotros dos, no debería haber ningún problema. También a mí me gustaría darle una alegría.

—Muchísimas gracias.

Con eso, por fin Takano-kun pareció animarse un poco.

❧

A la noche, un poco antes de cerrar la librería, mis tíos vinieron a ver cómo me iba. Me habría gustado que a la vuelta del viaje se hubieran marchado directamente a su casa de Kunitachi, pero por lo visto, como era de esperar, mi tío insistió en venir. Le informé con la cabeza bien alta de que no había tenido ningún problema. Quizá por el efecto de las aguas termales, la piel de la tía Momoko parecía aún más lustrosa que de costumbre. Me entregó unos pastelillos típicos del balneario que me habían comprado como recuerdo a la vez que me decía «ha sido muy agradable», pero mi tío Satoru, de pie a su lado, no parecía encontrarse de muy buen humor.

—Ahora que me doy cuenta, después del segundo día ya no volviste a llamar por teléfono, ¿verdad?

Ante mi comentario, mi tío se limitó a contestar con un escueto «no» a media voz, que delataba su falta de ánimo.

Como el asunto empezaba a preocuparme, interrogué a Momoko con la mirada, pero me contestó:

—Llevábamos tanto tiempo sin viajar que parece que se ha cansado un poco. Pero no te preocupes, lo hemos pasado muy bien.

—Ah, ya… Bueno, está bien.

Seguía habiendo algo extraño en el ambiente, pero decidí no insistir más. Si los dos lo habían pasado bien, para mí era más que suficiente.

—Bueno, de cerrar la librería me encargo yo, así que dejadlo en mis manos.

Quería cumplir con mi responsabilidad hasta el final, así que les pedí que se marcharan sin esperarme.

A partir de la mañana siguiente tendría que volver a mi trabajo ordinario. Se había acabado mi corto periodo al cargo de la librería Morisaki. Me hubiera gustado pasar más tiempo allí, pero eché la persiana metálica, giré la llave y me marché a casa dispuesta a reanudar mi vida anterior.

Capítulo nueve

La siguiente semana remitió un poco el frío y la estación parecía haber retrocedido, con una sucesión de días templados. Por el día incluso daba calor el ir con chaqueta.

Tal y como había prometido a Takano, decidí ponerme a buscar ese libro *Sueños dorados* que deseaba Tomo-chan. Puesto que se trataba de buscar un libro antiguo, pensé que lo más lógico y seguro sería preguntar primero a mi tío. Sin embargo, me contestó que no lo había visto nunca ni había oído hablar de él. Pensé que siendo un libro japonés antiguo, lo más natural era que lo conociera, pero mi suposición había errado por completo. Por si fuera poco, hasta ahora lo normal era que si le hablaban de un libro que no conociera, se pusiera a averiguar sobre él como loco, pero esta vez apenas mostró interés. De un tiempo a esta parte, mi tío se comporta de manera muy rara (bueno, raro ha sido siempre, pero ahora lo era en otro sentido). Últimamente da la sensación de estar siempre cansado. Pero si me intereso y le pregunto «¿hay algún problema?», me responde con toda naturalidad «¿problema de qué?», por lo que he llegado a la conclusión de que tampoco debe de ser algo demasiado preocupante.

Visto que no quedaba otro remedio, decidí ir recorriendo librerías de viejo en el camino de vuelta desde la oficina, buscando con denuedo. Takano dijo que debía tratarse de una novela pero, dado que a mi tío no le sonaba el título, había muchas posibilidades de que fuera otro tipo de libro, así que probé a mirar también en otra clase de librerías, como las especializadas en publicaciones ilustradas.

Tenía que encontrar un determinado libro a partir de unos datos mínimos entre miles y miles de otros. Pero también podía tener su lado interesante, como si fuera la búsqueda de un tesoro. Para ser sincera, aunque por supuesto lo hacía por ayudar al pobre Takano, mi interés residía más bien en el libro en sí, que atraía mi curiosidad. ¿Qué tipo de historia sería esa, capaz de interesar tanto a alguien como Tomo-chan? ¿Sería realmente interesante? ¿Quizá uno de esos libros que, nada más terminar de leer, te cambia por completo la visión de la vida? Por culpa de que la semana anterior tuve la cabeza hecha un lío pensando en Wada, me pareció que si existía semejante libro, me gustaría leerlo.

Sin embargo, la búsqueda resultó mucho más difícil de lo que pensaba. Por más que recorría una librería tras otra, no solo no encontraba el libro, sino que nunca di con nadie que conociera su mera existencia. Probé a preguntar también a Wada pero, como los demás, dijo que no lo conocía. Por lo visto el libro que deseaba Tomo-chan era toda una rareza. No obstante, cuanto más difícil parecía de localizar el título, más se incrementaba mi curiosidad.

Entonces, mi próximo movimiento consistió en pedirle a mi tío que me dejara asistir a una de las subastas que se celebraban en la Casa del Libro Viejo, restringidas a los propietarios de librerías de segunda mano.

Para los libreros del ramo era la mejor oportunidad de obtener un buen lote de ejemplares raros de una vez. O, mejor dicho, si uno no asistía con cierta regularidad a dichas subastas, al parecer resultaba bastante difícil poder mantenerse en el negocio de los libros de segunda mano. Por ello, huelga decir que en la Casa del Libro Viejo se congregaban todos los libreros de Jinbocho. En un lugar así sería fácil conseguir información y poder encontrar la pista de un libro raro sin tener que ir librería por librería.

La verdad es que no me encontraba demasiado a gusto en aquel lugar. Por una parte debería sentirme relajada, ya que había bastantes caras conocidas, pero por otra se respiraba una gran seriedad en el ambiente, que te mantenía en tensión.

En cualquier caso, una vez que empezó la subasta sentí que no sabía dónde meterme. Por eso al principio, en el tiempo libre que hay para comprobar el contenido de lo que va a salir a la venta, iba pegada a mi tío yendo de un lado para otro en busca de lo que me interesaba. Mi tío, al estar en un sitio como este, lógicamente había recuperado su pasión habitual y se movía de aquí para allá concentrado en los ejemplares de la subasta y tomando notas, por lo que no quise molestarle. Me limitaba a ir mirando los títulos de los libros en silencio. Pero, lamentablente, una vez más, no encontré el título que buscaba. Alguna vez probé a preguntar a libreros que conocía, pero con idéntico resultado negativo.

—Hmm...

Salí discretamente al pasillo y solté un quejido de desesperación. Si por más que buscase era imposible hallar dicho libro en un barrio como este, ¿dónde si no iba a lograrlo? Claro que podría habérseme pasado por alto, pero Takano también debía haber recorrido un buen montón de librerías examinando minuciosamente las estanterías, y al parecer había estado recopilando información también mediante internet. Pero, según me dijo, tampoco había obtenido ningún resultado tangible.

En definitiva, cuando deliberamos el asunto entre ambos en el Subol, concluimos que no quedaba más solución que apostar por la próxima Feria del Libro Antiguo.

∽

La Feria del Libro Antiguo es el mayor evento anual del barrio de Jinbocho y se celebra de finales de octubre a primeros de noviembre. Durante esa semana cambia por completo el aspecto de ese barrio en el que el tiempo discurre con ritmo apacible durante el resto del año. Todas las calles están llenas de mesitas con ruedas y de estanterías, unas y otras repletas de libros antiguos, además de puestecillos de *soba* a la plancha con salsa o de dulces de albaricoque. Acude muchísima gente. Por supuesto que todos buscando libros. Yo misma, cuando llega esa semana, no puedo contener la emoción. Me alegra infinitamente saber que hay tantísimos amantes de los libros. Jinbocho es un barrio que, por una parte, solo resulta imprescindible para un número limitado de personas pero, por otra, en momentos como este, me hacer sentir en lo más profundo del corazón que en realidad es querido por mucha gente.

Obviamente, la librería Morisaki también participa todos los años en la feria. Claro que como, de por sí, es un establecimiento pequeño, a diferencia de las grandes librerías de la avenida, se limita a sacar fuera el carrito con libros en oferta y a incluir en el interior unos estantes con libros a precio con descuento especial. Este año, gracias a que la tía Momoko se había encargado de todos los preparativos, parecía que yo no tenía que echar una mano en nada en particular. A mi tío le encantaban ese tipo de ferias y cuando llegaban estas fechas estaba tan atareado que no pensaba en otra cosa. Este año, como de costumbre, adoptaba la pose de «dejadlo todo en mis manos, que ya estoy hecho a esto».

Pero en definitiva, por cuestiones de trabajo, solo pude asistir un día. Aun así, ese día estuve ayudándoles desde primera hora de la mañana. Nos llegaba la alegre música de las casetas de actividades que habían instalado en la avenida mientras que desde la calle Sakura, donde se alineaban los puestos ambulantes de comida, el vientecillo transportaba los intensos olores de la carne a la parrilla o la salsa dulzona.

Para almorzar, comimos los tres de pie a la puerta de la librería las tortillas rellenas *okonomiyaki* y las salchichas que compró mi tío en uno de aquellos puestos. Mi tío, como ensimismado por la comida, comentó «qué bueno está esto» y la tía Momoko, junto a él, replicó con sangre fría «al final, estas cosas se disfrutan porque te dejas llevar por el ambiente, pero muy bueno no está».

Después, cuando ya atardecía, llegó Takano-kun, que acababa de terminar su turno de trabajo, y salimos los dos a dar vueltas en busca de aquel *Sueños dorados*.

Mezclados entre la marea de gente y caminando deprisa, nos dispusimos a recorrer, literalmente, todas las librerías de punta a punta. A mi lado Takano murmuró apesumbrado «y pensar que hace tres años Aihara-san venía también con nosotros…».

Ciertamente, en aquella ocasión Tomo-chan iba con nosotros. Y ahora la situación había llegado a un punto como para que le bloqueara los correos… Puede que precisamente aquel lejano día fuera para Takano su «sueño dorado».

Viendo que con el tiempo del que disponíamos iba a resultar imposible revisar todas las librerías, decidimos cambiar el procedimiento a la mitad y repartirnos las restantes, acordando reunirnos en la librería Morisaki una hora después. Al final, el resultado de mi cosecha fue cero. Y cuando vi la cara con la que apareció Takano en nuestra librería no hacía falta ni preguntar por el suyo.

Así, llegó la hora del cierre de la feria y decidimos ir a cenar curry los cuatro.

—Vaya, así que no lo habéis encontrado. Bueno, qué se le va a hacer —comentó Momoko sin dar importancia a los sentimientos del desganado Takano mientras ella comía a dos carrillos su ternera con curry.

—La pena es que yo tampoco conozco ese libro. Perdona que no te haya servido de ayuda —le dijo mi tío con tono bastante más compasivo.

Por supuesto que mi tío se pidió el curry sin picante.

—No, no se preocupe —negó Takano enérgicamente con la cabeza, a pesar de que lo alicaído de sus hombros delataba cuán deprimido se sentía.

La verdad es que yo también había terminado derrengada y ya comenzaba a preguntarme si realmente merecía la pena tomarse tantas molestias por el asunto. En vez de utilizar un procedimiento tan rebuscado, ¿no sería mejor preguntarle directamente a Tomo-chan? Para empezar, ¿quién nos aseguraba que ella no hubiera conseguido ya dicho libro? Pero aun cuando supiera que no serviría de nada, Takano había puesto todo su esfuerzo en ello. Como sabía que eso era una prueba de su buen corazón, no quise hacer comentarios innecesarios.

—No es culpa de nadie que no hayáis encontrado el libro. Además, creo que solo con saber que lo has estado buscando con ese afán, Tomoko ya se alegrará.

—Eso es, eso es, lo que cuenta es la intención.

—No sé yo…

—Para empezar, creo que eres demasiado ingenuo si piensas que solo con regalarle un libro vas a conseguir que una mujer se enamore de ti.

Cuando Momoko soltó estas palabras, Takano se inclinó sobre la mesa y comenzó a rebatirla con firmeza.

—No lo hago en absoluto con esa intención. No ha pasado ni un momento por mi cabeza la idea de que se enamore de mí.

—¿Ah, sí? No lo sabía.

Sentí que debía salir en ayuda de Takano.

—Claro que no. Para empezar, le ha bloqueado el correo electrónico. Después de haber sufrido algo así, no iba a pasar semejante idea por su cabeza.

—¿Eh? ¿Cómo dices? Pero ¿tanta manía te ha tomado? Eso sí que es una desgracia…

Momoko soltó aquella exclamación echando la cabeza hacia atrás y mirando hacia el techo, lo cual debió causar una desesperanza en Takano equiparable a una sentencia de muerte.

—Anda, mujer, cállate —le reprendió mi tío.

—Takako-san… —me dijo Takano con mirada rencorosa.

—¡Ah! ¡Perdón! No me di cuenta…

Me tapé la boca con ambas manos de manera instintiva, pero ya era tarde. Ahora recordaba que Takano me había pedido que no le contase a nadie lo del bloqueo de los correos.

—Tienes que tener cuidado con esta chica, que a veces dice las cosas sin pensar.

—Nada de eso —terció mi tío—. Takako-chan sabe cerrar con firmeza los labios y el monedero.

—De todas formas, siento haber dado tantas molestias a Takako-san —dijo Takano ignorando los comentarios de mis tíos y haciéndome una reverencia de disculpa.

—Que te digo que no te preocupes por eso. Yo me lo he pasado bien, yendo a un montón de librerías y viendo libros.

—Bueno, si es así, mejor. Pero lo siento de veras.

—Que dejes de disculparte. De todas formas, si a Tomo-chan le parece bien, hagamos algún tipo de celebración de cumpleaños. Yo me encargo de preguntarle, ¿eh?

Le hablé así a Takano ya que él, a pesar de lo desanimado que se encontraba, había demostrado preocuparse por las posibles molestias. Creo que ese carácter suyo es lo que hace que la gente de alrededor le aprecie. Me pareció que Tomo-chan debía ser un poco más considerada con él.

༄

El domingo de la siguiente semana fui a ver a Tomo-chan a su casa, en el barrio de Nezu. Era la primera vez que iba. Como ella libraba todos los fines de semana, le pedí pasarme por allí cuando saliera del trabajo. Era una casita de apartamentos de dos pisos a menos de cinco minutos de la estación, un edificio que solo alquilaban a mujeres, y el de ella era en el segundo piso, en una de las esquinas.

Llegué con unos pasteles que había comprado en la estación como regalo y cuando apreté el botón del intercomunicador casi al instante salió ella toda sonriente y me invitó a pasar con un «bienvenida».

El apartamento de Tomo-chan tenía más o menos el mismo aspecto que yo me había imaginado sin saber nada de antemano. Sencillo, limpio, bonito. Las cortinas, los muebles o la colcha, todos de colores cálidos. El apartamento de una chica joven con buen gusto. Lo único discordante era la enorme librería…

Eran unas estanterías que llegaban hasta el techo y que daban la impresión de haber sido hechas por encargo. Por supuesto, repletas de libros sin dejar un resquicio. Tantos que casi daría para abrir un pequeño negocio de libros de segunda mano. Cuando voy a casa de alguna amiga siempre me siento atraída por ver los libros que tiene. Mientras Tomo-chan me preparaba un té, me acerqué a sus estanterías para echar una ojeada. La mayoría era novela japonesa antigua pero también había ejemplares de autores extranjeros como Baudelaire o Rodenbach o novelas de fantasía serializadas como *Gedo senki* (Crónicas de la guerra Ged) o *El señor de los anillos*. Hasta donde yo pude ver, el libro que estuvimos buscando Takano y yo no estaba allí.

—Cuando tengas que mudarte, esto va a ser un problemón... —comenté mientras paseaba la mirada por las estanterías.

—Ya lo creo —asintió Tomoko como si le hubieran leído el pensamiento—. Solamente con todo esto ya deben de ser unas diez cajas. Aun así, intento que los libros no aumenten demasiado. ¿Tú qué haces cuando tienes que ordenar los libros o cuando te mudas?

—Bueno, es que yo no tengo tantos. Además, no tengo especial apego por conservar la mayoría. Suelo reunir unos cuantos después de leerlos y los revendo.

—Ah, claro... —contestó Tomo-chan con tono un tanto alicaído. Yo también debería revender algunos, ¿verdad? Pero es que cuando un libro me gusta, me cuesta mucho desprenderme de él.

Después de tomarnos el té acompañado de una deliciosa comida de gusto asiático que preparó ella, saqué el tema de que, como pronto sería su vigésimo sexto cumpleaños, podríamos salir a comer por ahí para celebrarlo. Inesperadamente, no tenía ningún plan especial para su cumpleaños, así que decidimos en el momento que podría ser la cena de ese mismo día. Entonces, como de carrerilla, aprovechando el momento, añadí:

—¿Puedo llamar también a Takano-kun?

Y entonces Tomo-chan, en cuanto escuchó ese nombre, detuvo en seco la mano con los palillos que ya se alargaba hacia el rollito de primavera al estilo vietnamita. Y dirigió su mirada hacia mí con rostro angustiado.

—¿A Takano-kun...?

—Sí, ¿no te apetece?

—No, bueno, no es que no me apetezca, pero...

Tomo-chan no se decidía a hablar claramente. Por su tono de voz se notaba que la había puesto en un aprieto y me resultaba difícil insistir. Puede que bajo todo aquel asunto existieran circunstancias ocultas. Pero, también pensando en Takano-kun, quería descubrir si él había cometido alguna falta. Le conté a mi amiga deprisa y en pocas palabras lo que había oído de labios de Takano y, con delicadeza, le pregunté si había sucedido algo entre ambos.

Tomo-chan se azoró todavía más, y comenzó a hablar de forma incoherente.

—Pero es que... bueno, ya sabes... Como dejamos de trabajar en el mismo sitio, pensé que no había motivo para continuar el contacto...

¿Llegaría ella a algo tan extremo como bloquear el correo solo por una razón tan insignificante como esa? Para empezar, Takano y Tomoko siempre habían mantenido una buena relación, e incluso visto desde un tercero como yo no hubiera tenido nada de extraño que aquel vínculo evolucionara para que se convirtieran en pareja. Solo quedaba pensar que Takano había cometido alguna falta imperdonable. Si no, el asunto carecería de explicación.

—¿No será que él te ha hecho algo malo?

—No, no...

Tomo-chan alzó la vista con expresión sorprendida y a pesar de lo ambiguo de sus comentarios anteriores, esta vez negó categóricamente mi suposición. Sentí un gran alivio al oír aquello. Sin darme cuenta, había comenzado a sentirme como si fuera la madre de Takano-kun.

—No hay nada de eso. Creo que Takano es realmente un chico de corazón puro y le admiro. Él no tiene culpa de nada. La culpa es toda mía.

Cuando terminó de hablar, los labios de Tomo-chan formaron una línea recta y volvió a quedar cabizbaja. Al ver que en sus ojos se empezaban a formar unas lágrimas, me emocioné sin remedio.

—No digas eso. ¿Qué culpa tienes tú? Si no quieres aceptar lo que siente por ti, no es culpa tuya ni de nadie.

Me di cuenta de que había hablado de más. Todavía no había salido el tema de que ella le gustaba a Takano.

—Perdón, es que...

—No te preocupes. Me doy cuenta perfectamente de que le gusto. Cuando hace ya tiempo íbamos los tres por la Feria del Libro Antiguo, me daba cuenta vagamente de que así era. Pero disimulaba y hacía como que no lo notaba. Me aproveché de que él tampoco decía nada y permanecí todo el tiempo haciéndome la tonta, tratándole solo como a un amigo.

—Bueno, pero aun así, no es como para sentirse culpable...

—Que no, no es eso. No tengo remedio. Me pasa lo mismo cada vez que le gusto a un hombre. En cuanto lo percibo, me asusto y siento ganas de rechazarlo. Me entra la sensación de que si acepto ese amor, dejaré de ser yo, y eso me da miedo. Creo que no estoy del todo bien de la cabeza, pero no puedo remediar ser así.

Tomo-chan ya había perdido todo el interés por la comida que quedaba sobre la mesa y permanecía en silencio y cabizbaja. Las lágrimas se agolpaban en sus ojazos amenazando con empezar a caer de un momento a otro. Me entró la sensación de que, sin quererlo, la había acorralado, y me dolía verla en aquella situación. La habitación había quedado en un silencio tal que hasta se oía el leve zumbido del fluorescente que pendía del techo...

Me hallaba dudando de si seguir preguntando o no acerca del tema cuando Tomo-chan, como si hubiera leído mis pensamientos, continuó:

—¿Me dejas que te cuente solo un poco más? No sé si podré explicarme bien, pero siento que es algo que quiero contar...

—Bueno, entonces voy a preparar otro té —dije yo fingiendo despreocupación para que ella no se deprimiera aún más. En momentos así, viene bien beber algo calentito para relajarse.

—Deja, ya lo hago yo... —comenzó Tomo-chan mientras se incorporaba.

La detuve con un gesto de la mano y me fui a la cocina, donde lavé en un periquete las tazas y la tetera y preparé una nueva cantidad de té inglés.

Le di su taza a Tomo-chan y, tras murmurar un «gracias» y llevarse la bebida lentamente a los labios, reanudó su historia.

—Takano no ha hecho nada malo. Toda la culpa es mía.

Otra vez repetía esas palabras, pero ahora parecía más tranquila.

—Creo que ya te hablé una vez de ello. El motivo por el cual me aficioné a la lectura...

—A ver... Si no recuerdo mal, por influencia de tu hermana mayor, ¿no?

—Eso es. Yo tenía una hermana cinco años mayor que yo. Cuando era niña, la imitaba en todo, no solo en la cuestión de los libros. Mi hermana, a diferencia de mí, era habilidosa e inteligente desde muy joven, sabía hacer de todo. A veces era un poco brusca de carácter, pero a mí siempre me trataba con cariño.

Como si estuviera reviviendo aquellos recuerdos, Tomochan cerró los ojos durante unos momentos y luego prosiguió:

—Mi hermana salía con cierto chico desde sus tiempos de estudiante de bachillerato. En contraste con ella, aquel era un joven muy callado. A decir verdad, fue por influencia de ese chico que mi hermana se aficionó a la lectura. Entonces yo, que no debería haberme dejado influenciar por mi hermana hasta ese punto, comencé también a sentirme atraída por aquel chico. Fue algo así como mi primer amor. Con todo, dado que yo todavía era una niña de escuela primaria, no me daba plenamente cuenta de ello y lo veía solo como un chico que jugaba a menudo conmigo. Cuando comprendí que me había enamorado fue ya al llegar a la secundaria. Pero mi hermana y él continuaban su relación y además hacían una pareja perfecta a los ojos de cualquiera, por lo que durante largo tiempo guardé aquel sentimiento en mi interior, sin dejarlo asomar en lo más mínimo. Para mí era suficiente con verlos juntos y que de vez en cuando me incluyeran en su círculo a la hora de divertirse.

Tomo-chan hizo una pausa para beber un sorbo de té y me miró unos instantes como queriendo comprobar de qué manera iba reaccionando a su historia. Asentí en silencio para indicar «te estoy escuchando con atención» y en su rostro se dibujó una sonrisa cargada de inmensa tristeza.

—Pero, cuando yo acababa de cumplir los diecisiete años, mi hermana falleció en un accidente. El autobús donde montaba a diario para ir a la universidad chocó de frente contra otro vehículo porque el conductor iba medio dormido.

Tomo-chan apretó los labios y volvió a cerrar los ojos unos segundos, como si estuviera rezando por su fallecida hermana. Estaba a punto de hacer un comentario cuando ella me cortó negando con la cabeza.

—Mi hermana falleció y me entristecí tanto que creí morir yo también. Me pareció como si realmente se me estuviera partiendo el corazón. Sin embargo, pasado un tiempo, me di cuenta de que en algún rincón de mi corazón comenzaba a aflorar una emoción por completo distinta. Ahora, estando así las cosas, ¿no se fijará aquel chico en mí? Había nacido en mí ese sentimiento de esperanza. Algo muy, muy sucio, una emoción repugnante y odiosa.

—Pero... Tomo-chan...

Mi amiga volvió a quedar cabizbaja y con la vista clavada en algún punto del suelo. Daba la misma impresión que si estuviera contemplando impotente un negrísimo mar. Por más que le daba vueltas en mi cabeza, no conseguía encontrar palabras adecuadas para dirigirle, algo con lo que poder ablandar su mirada. No hubo manera.

—No puedo perdonarme a mí misma aquel sentimiento que brotó en mí. Y eso es algo que no cambiará nunca, sin importar lo que me puedan decir. Con la inmensa tristeza que me produjo la muerte de esa hermana a la que tanto quería, y ahora...

Al llegar aquí, de pronto Tomo-chan alzó el rostro bruscamente.

—Perdona. Siento haberte contado algo tan deprimente... —dijo con pesar.

Me apresuré a negar varias veces con la cabeza.

—Y entonces, ¿qué pasó con aquel novio de tu hermana?

—Después del funeral de ella, no volví a verlo ni una sola vez. Como antes de aquello a menudo salíamos por ahí ambas familias juntas, al parecer de vez en cuando se dejaba caer por casa y hablaba con mis padres. Con el tiempo consiguió una nueva novia pero, aun así, seguía viniendo. Siempre preguntaba por mí y parecía que tenía ganas de verme. Pero decidí que no volvería a verlo nunca más. No quería que me recordase aquella emoción que brotó en mí entonces. Y en adelante me sucede lo mismo aunque se trate de cualquier otro hombre.

—Por eso cuando alguien como Takano-kun te da a entender sus sentimientos...

—Sí, me asusto y huyo sin remedio. Me dan ganas de gritar «¡no!, ¡no lo hagas!». No soy una mujer digna de gustar a nadie. Por eso intento vivir de manera que no atraiga el amor de nadie, me esfuerzo por no llamar la atención. Takano-kun siempre se mostraba gentil e inocente. Me dejé llevar un poco por esa amabilidad. Y por culpa de eso le estoy haciendo daño... Soy despreciable. Tengo que pedirle perdón alguna vez.

—Pero, Tomo-chan, ¿no te entristece vivir así?

—Cuando me entra la tristeza, leo un libro. Horas y horas. Si estoy leyendo, mi corazón se va calmando poco a poco y recupero la estabilidad. Por mucho que me implique en el universo del libro, no puedo hacer daño a nadie, y eso me tranquiliza.

Después de decir aquello, Tomo-chan sonrió. Pero, a pesar de la sonrisa, su expresión revelaba una tristeza como nunca había visto en ella. Mejor dicho, hasta entonces yo siempre me la había imaginado como una chica alegre y de buen carácter, dándolo por sentado y, posiblemente, nunca había intentado ver el rostro que podía ocultarse detrás. Pero, ahora que lo conocía, ¿cómo podía encontrar palabras que fundiesen el hielo que mantenía atrapado su corazón? Lo cierto es que cuando me dijo con una nueva sonrisa «gracias por escucharme; me he quedado un poco más a gusto», no se me ocurrió nada que contestarle. Pero me pareció infinitamente triste que aquel fuera el motivo por el cual le gustaba la lectura y sentí un dolor como si me estrujaran el corazón dentro de un puño.

∽

Dos días después de haber ido a casa de Tomo-chan, una noche en que caía una fina llovizna, sucedió lo siguiente.

Volvía hacia casa después de haber pasado un rato en la librería Morisaki, y como tampoco había quedado con Wada, fui a la cafetería que tenía en el segundo puesto de mis preferencias, Kissaku. Todavía sentía el corazón revuelto por todo lo que me había contado Tomo-chan y me invadía un profundo desconsuelo, sin ganas de volver todavía a casa.

Entonces, después de llevar allí cerca de una hora con la cabeza en las nubes, decidí marcharme a casa y, abriendo el paraguas, eché a caminar por la avenida en dirección a la estación de Jinbocho. De un modo natural, mis ojos se posaron en la figura del hombre que iba un poco por delante de mí.

La chaqueta y el aspecto de aquel hombre vuelto de espaldas me parecieron familiares. No podía caber duda, era Wada. Acabaría de salir del trabajo y volvía hacia casa. Apreté el paso con objeto de acercarme a él, pero entonces se paró en seco a la puerta de la farmacia junto al semáforo. Como si hubieran quedado allí, llegó una mujer casi a la carrera y se paró frente a él.

Solo pude entrever su rostro de perfil, que asomaba bajo un paraguas rojo, pero enseguida supe quién era. No había duda. Era la novia anterior de Wada. La manera de vestir o el aspecto general que tenía cuando venían juntos a la librería Morisaki no había cambiado.

Comenzaron a hablar y Wada asentía de vez en cuando. Opté por ocultarme detrás del letrero vertical de una casa de comidas. No sabía bien qué necesidad tenía yo de hacer algo semejante pero, antes de darme cuenta, ya lo había hecho. Poco después, ambos echaron a caminar hombro con hombro.

Pero ¿qué estaba haciendo? Aun pensando esto, me puse a caminar detrás de ellos guardando cierta distancia. Una cosa es lo que piensas y otra lo que haces. Se mirase como se mirase, les estaba siguiendo en secreto. En aquella noche de llovizna, la avenida Yasukuni estaba repleta de hombres y mujeres que iban con sus paraguas y no existía ningún motivo para que Wada y ella se diesen cuenta de que yo iba detrás. Ambos continuaban su camino sin apartarse de la acera, y en un momento dado se pararon delante de una cafetería de la cadena Dotor y entraron como lo más natural del mundo.

Durante un tiempo estuve yendo y viniendo frente a la puerta de la cafetería. Pensé que no tardarían en salir. Los oficinistas que volvían a casa tras el trabajo pasaban echándome miradas de reojo que indicaban su fastidio ante el estorbo que suponía mi persona dando vueltas en medio de la calle.

Debí de pasar unos diez minutos de esa manera. Mi mente por un lado parecía mantener la sangre fría, pero por el otro se hallaba totalmente revuelta. Caí en la cuenta de que ya apenas llovía y la gente que cruzaba a mi lado comenzaba a cerrar los paraguas.

Con voz de tonta solté un «oh» y cerré yo también el mío.

Después, a paso lento, reanudé mi camino hacia la estación.

Capítulo diez

Por lo visto el incidente de aquella noche me causó un impacto mucho mayor de lo que creía. Durante el día me sentía continuamente intranquila y por las noches no conseguía dormir bien, sin ganas tampoco de ponerme a leer libros. En cuanto al trabajo, cometí un error inconcebible, y es que cierto cliente encontró un fallo muy grave en los datos que le envié. Con motivo de ello, Wada-2 se enfadó muchísimo conmigo. Pero esta vez la culpa era cien por cien mía.

En pocas palabras, desde aquella noche no daba pie con bola. Era incapaz de hacer nada bien.

A la noche, cuando ya en casa me metí bajo el futón, empecé a divagar con la vista en el techo. De tanto en tanto nos reuníamos y veíamos alguna película, salíamos a comer, o nos acostábamos. Pero si no se consigue penetrar en el corazón del otro, ¿realmente se puede considerar que estamos juntos? ¿Qué demonios significo yo para él? Por ejemplo, ¿tengo derecho a acosarle con preguntas sobre lo que estaba haciendo la otra noche? Más aún, el mero hecho de que piense en «tener derecho» ya indica que en alguna parte de mi mente estoy retorciendo las cosas.

No estoy como para mirar por encima del hombro a Takano-kun. Yo también tengo la edad mental de un alumno de escuela secundaria. Precisamente por eso me da miedo hablar del asunto con Wada. Antes siempre estaba deseosa de que me llamara y ahora, si apareciese su nombre en la pantalla de mi teléfono móvil, me entrarían ganas de salir huyendo.

Después de aquella noche, la voz de Wada que escuchaba por teléfono seguía teniendo el tono de costumbre. Su misma amabilidad, su misma placidez. Antes, cuando escuchaba aquella voz, me sentía como si contemplara la calmada superficie de un lago y me producía una gran tranquilidad de ánimo. En cambio ahora su voz me sonaba como algo muy lejano.

—¿Pasa algo? —preguntó Wada con tono preocupado al darse cuenta de que yo no podía hablar con normalidad. ¿Te sientes mal?

Noté por su voz que se encontraba confundido.

—No, no pasa nada. Entonces, buenas noches.

Antes de cortar el teléfono, rechacé una invitación suya a vernos la semana siguiente aduciendo que estaba muy ocupada en el trabajo y terminaría muy tarde.

Al final, llegué a un punto en que ya no aguanté seguir martirizándome a solas. Entonces, antes de que me diera cuenta, mis pies me llevaron a la casa de comidas donde ayudaba la tía Momoko.

—Vaya, qué sorpresa. ¿Así que el Wada ese tiene un comportamiento tan indecente?

Le había dicho a Momoko que una conocida me lo había contado. Solo eso, pero mi tía no era alguien que se dejase engañar así como así, por lo que enseguida se dio cuenta de que se trataba de mí misma. Con todo, bebiendo alcohol allí bajo la mirada de la tía Momoko envuelta en su mandil blanco, me pareció que sería capaz de poner en palabras aquella enmarañada madeja que ocupaba mi mente y terminar así con las ideas más claras. Al final, acabé por contarle de cabo a rabo todo lo que pasaba por mi cabeza.

—Bueno, bueno, por lo visto este local se ha convertido en un consultorio sentimental y no me había dado ni cuenta.

—Lo siento.

—En fin, después de todo es por el bien de mi queridísima sobrina.

No estaba yo muy segura de que realmente pensara así, pero al oírla, no pude evitar sonreír.

—Así que te da miedo comprobar el asunto directamente con él, ¿no?

Asentí en silencio ante la pregunta de Momoko.

—Pero Wada no es un hombre que haría algo así, ¿no?

—Precisamente porque creo que no sería capaz de hacer algo así es por lo que me da más miedo. Cuando pienso en la posibilidad de que me esté traicionando, siento un terror espantoso...

Sin embargo, a pesar de lo que le estaba diciendo a la tía Momoko, comenzaba a darme cuenta de que el problema de fondo era por completo diferente. Desde que había sucedido el incidente con mi anterior novio, de un modo inconsciente evitaba depositar una confianza completa en mi pareja. Además, tenía miedo de hacerlo. Si me descuidaba y lo hacía así, podía causarme un dolor tan profundo como la vez anterior, me maldeciría a mí misma por mi ingenuidad y me entrarían ganas de mandarlo todo a freír espárragos.

Por eso, no solo tenía que ver con lo sucedido en esta ocasión, sino que cuando se trataba de algo referido a las palabras o a los movimientos de Wada, siempre me volvía extremadamente sensible.

—Oye, Takako-chan…

Momoko dio un rodeo para salir de detrás del mostrador y sentarse en el asiento junto al mío.

—Como habrás podido ver, yo no tengo muchos estudios y en el tiempo en que Satoru se lee diez libros ya me cuesta leer uno solo, además de que no entiendo mucho acerca de ellos. Pero sí que creo saber distinguir cómo es la gente cuando la veo. Hablando solo por la impresión de lo que yo he visto, no me parece que Wada sea de ningún modo un hombre capaz de causarte daño por gusto propio. Creo que eso es algo que puede leerse en sus ojos. Me da la impresión de que, más que él, el problema es que eres tú quien levanta una barrera entre ambos…

—¿Una barrera, yo?

Repetí las palabras de mi tía. Desde el asiento de al lado, Momoko escrutaba con atención mi rostro.

—Tú misma te das cuenta, ¿no?

—Sí, puede que tengas razón…

—¿No te parece que es injusto no abrirle del todo tu corazón y en cambio esperar que él sí lo haga? Creo que si tú no das un paso adelante, no vas a poder solucionar nada. Wada también es un ser humano. Como sigas así, quizá llegue un momento en que se canse de tu carácter quejica e indeciso. Y si llega ese día, quien más lo va a lamentar de los dos, sin duda, vas a ser tú, ¿no crees?

Aquellas palabras de la tía Momoko se clavaron en mi corazón. Estaba exigiendo muchas cosas de Wada pero no me estaba esforzando por darle nada. Tal y como decía Momoko, ahora empezaba a percatarme de que, a pesar de que los ojos o la expresión de Wada tenían que estar indicando muchas cosas, yo me empeñaba en leer su corazón únicamente a través de insignificantes nimiedades que pudiera detectar en sus palabras o en sus actos.

Mientras me hallaba sumida en mis pensamientos, llegó desde el fondo de la cocina la voz chillona de Nakasono, el dueño, que gritaba «¡Momoko! *Help me!*» y la tía Momoko le respondió también a gritos «¡Ya voy!, ¡Ya voy!», levantándose de la silla.

—Bueno, tengo que dejarte. Hazme el favor de no darme demasiadas preocupaciones, ¿eh? Tranquílizame con buenas noticias cuanto antes.

La tía Momoko me dio un pellizco en la mejilla y, sin dejarme tiempo para contestarle, se perdió a toda prisa en aquella cocina donde Nakasono continuaba chillando: *Help! Help!*

❧

Varios días después de aquello, un jueves por la noche, hicimos la fiesta de cumpleaños de Tomo-chan.

Quizá resulte un poco exagerado llamarla «fiesta», porque solo era una pequeña reunión de tres personas. A petición de ella, se decidió que la haríamos en el segundo piso de la librería Morisaki y, subiendo la mesa alargada que se utilizaba abajo como mostrador, la utilizamos para cenar a base de caldereta de pollo con verduras.

Por deferencia, invitamos también a mis tíos Satoru y Momoko, pero lo rechazaron con la absurda excusa de que «no es una fiesta para que se entrometan unos vejestorios». Takano se mostraba reacio a venir aduciendo que, si lo hacía, Tomoko no estaría a gusto, pero conseguí convencerle de que no sería así y le hice participar medio a la fuerza. Llegó con el rostro en tensión y, como siempre, ligero de ropa, sin más abrigo que una parka anaranjada de tonalidad apagada. Pensé que por una vez que tenía oportunidad de ver a la chica que le gustaba, ya podría haberse puesto un poco más elegante.

Por supuesto que Tomo-chan sabía que Takano vendría, pero ambos se limitaron a intercambiar un «hola, cuánto tiempo» a la puerta de la librería y luego se extendió un silencio embarazoso sin que ninguno de los dos supiera muy bien qué decir. También por mi parte, debido al asunto de Wada, no era que estuviera muy animada, pero, viendo que si seguíamos todos así la velada correría peligro, me esforcé por armar un poco de bullicio. Sin embargo, se me fue un poco la mano y el ambiente terminó siendo tan forzado que se aguó la fiesta.

En medio de aquella atmósfera opresiva íbamos picando un poco de la caldereta mientras intercambiábamos alguna frase de vez en cuando. Takano y yo bebíamos cerveza, mientras que Tomo-chan, que no podía tomar alcohol, estaba bebiendo zumo de naranja. Ella solo comía los trozos de verdura y Takano solo escogía el tofu.

Y pensar que estábamos celebrando el cumpleaños de Tomo-chan... Mirando a aquellos dos, que se limitaban a mover los palillos en silencio, empecé a irritarme. Y, como es lógico, aquella irritación se volvió en primer lugar hacia Takano.

—Takano-kun, deja ya de comerte todo el tofu. Come también pollo y verduras.

Takano debía haberse comido él solo como dos paquetes de tofu.

—¿Qué? Ah, perdón. Me pareció que el tofu estaba sobrando y pensé que a lo mejor no os gustaba demasiado...

Takano hablaba con turbación, pero no le di tregua.

—No sé de dónde sacas esa impresión. A mí me gusta comer de forma equilibrada. Tomo-chan también quiere comer tofu, ¿verdad?

Tomo-chan, sorprendida de que de pronto le pasaran la palabra, dio un respingo y, con un ligero temblor de hombros, levantó el rostro.

—No, por mí no os preocupéis... Puedes comértelo, Takano-kun.

—Tomo-chan, no te contengas. Hoy es tu cumpleaños.

Takano también asintió enérgicamente.

—Claro que sí. Te prometo que ya no tomaré más tofu, come todo el que quieras.

Como vi que estaba a punto de volver a echar a la cazuela los trozos que ya tenía en el plato, me apresuré a detenerle.

Después, olvidándonos de la protagonista de la noche, nos enzarzamos los dos en una discusión sobre el tofu. Tomo-chan nos miraba turbada, sin saber cómo actuar. Al final, estallé en un improperio, casi a gritos.

—¡Y no sé por qué te pasas todo el año en mangas de camisa, maldito!

Entonces, Tomo-chan se vio forzada a intervenir para frenar la gresca.

—Por favor, dejad ya lo del tofu, de verdad que da igual. Pero más importante que eso es que... bueno... me gustaría pedir perdón a Takano-kun...

Después, cambió la postura para sentarse mirando a Takano y tras decir «perdona que te haya tratado tan mal sin motivo, lo siento mucho», hizo una profunda y solemne reverencia.

Takano, como era de esperar, quedó aturdido y, cuando intentó levantarse, se golpeó una rodilla con el pico de la mesa.

—¡Nada de eso! ¡Nada de eso! Soy yo quien tiene que pedir perdón —dijo mientras se aguantaba con expresión sufriente el dolor de la rodilla.

Tomo-chan volvió a disculparse. Por mi parte, mientras limpiaba con un trapo el caldo derramado sobre la mesa por culpa de Takano, les dije «bueno, creo que ya podemos dejarlo ahí, ¿eh?». Takano-kun, no sé si por el dolor de la rodilla o por sus sentimientos hacia Tomoko, parecía a punto de llorar y se le veía con ganas de añadir algo, pero finalmente, se sentó a regañadientes y no dijo nada.

En cualquier caso, entre unas cosas y otras se había distendido un poco la opresiva atmósfera de antes. Sin dejar escapar la ocasión, aproveché para entregarle sus regalos de cumpleaños. Había escogido para ella un broche con forma de lirios, que imaginaba que le gustarían, mientras que el de Takano era una lamparita vitral. La lamparita de Takano era un artículo muy trabajado, con forma de faro, y parecía increíble que un hombre que se vestía de manera tan descuidada fuera capaz de escoger con semejante buen gusto. Ambos eran objetos muy bonitos y gracias a ellos por fin Tomo-chan sonrió.

—Pero la verdad es que Takano-kun quería haberte comprado otra cosa —empecé yo sin hacer caso de los gestos que me hacía él para que no lo contara.

¿A qué venía ocultarlo a estas alturas?

—Lo que pasa es que no lo encontramos. Era un libro llamado *Sueños dorados*. Lo andabas buscando, ¿no?

Tomo-chan se sorprendió tanto que me miró boquiabierta.

—¿Eh? ¿Habéis estado buscando ese libro? —preguntó asombrada alzando la voz.

—Pues sí, ¿por?

—Lo siento. Una vez en el Subol escuché que hablabas de él y me acordaba. No tenía que haberme inmiscuido, perdón.

Ante el comentario de Tomoko, el rostro de Tomo-chan reflejó un asombro todavía mayor.

—No, no, Takano-kun, no es por eso. Es que, veréis, en realidad se trata de un libro que no existe…

Ahora era el turno de quedarnos boquiabiertos Takano y yo.

—¿Eh? ¿Cómo? Pero…

—Perdón. Aquel comentario mío invitaba a la confusión…

—Pero cuando Takano-kun estuvo mirando en internet, encontró un anuncio de una persona que estaba buscando ese mismo libro…

A mi lado, Takano asintió un par de veces.

—Seguramente son mensajes escritos por gente que cree en su existencia. Por lo visto un grupo de personas comenzaron a llamarlo «el libro fantasma» y de esa manera se han ido extendiendo los rumores.

Tomo-chan hablaba pesarosa, pensando en las molestias que nos habríamos tomado.

Ahora se entendía que a pesar de haber recorrido de punta a punta el barrio con más librerías de segunda mano del mundo, no lo hubiéramos encontrado. Y también que mi tío no lo conociera. El maldito Takano y sus suposiciones infundadas. Eché una mirada rencorosa a ese Takano que se sentaba junto a mí como pasmado. Claro que a mí tampoco se me ocurrió ni por un momento que aquel libro podría no existir, por lo que siendo justos, no toda la culpa fue suya.

Acto seguido, Tomo-chan comenzó a explicarnos con todo detalle la historia de aquel libro inexistente.

En la década de 1930, una escritora casi desconocida, Fuyuno Mitsuko, publicó una novela titulada *Tasogare no isshun* (Un instante al atardecer). Era la historia de la relación entre un solitario anciano invidente y la señora a la que había contratado para que le leyera libros. Sin embargo, quizá porque su contenido era en exceso romántico y acaramelado, la obra fue despreciada desde un principio tanto por la crítica como por el público. El caso es que hacia el final de esta novela, la coprotagonista le lee al anciano un libro titulado *Sueños dorados* mientras él se va mentalizando de su inminente subida al cielo. Es decir que se trata de un libro que encierra una gran importancia dentro del relato. En su día aparecieron varios bibliófilos que comenzaron a buscar afanosamente dicho título, que fue objeto de apasionadas conversaciones entre ellos. Sin embargo, con el paso de los años se supo que era un título ficticio creado por aquella escritora.

—En la novela *Un instante al atardecer* se calificaba aquel *Sueños dorados* como una obra maestra capaz de mantener en vilo al lector en todo momento. Y la novela concluía con que gracias a la lectura del libro, aquel anciano invidente que hasta entonces no había conocido el amor se da cuenta de que en realidad está enamorado de la mujer que ha tenido tantos años a su lado.

»Fue mi hermana mayor quien me habló por primera vez de *Sueños dorados*. Me dijo que era un libro maravilloso y que yo también debería leerlo sin falta. Fue como medio año antes de fallecer en aquel accidente. Yo creía en todo lo que me decía mi hermana. Por eso busqué aquel libro con infinito afán. Pero en realidad no existía semejante obra…

Tomo-chan se giró hacia mí y se rio como si me hubiera tomado el pelo. A mi lado Takano-kun no paraba de parpadear, como si apenas comenzara a interiorizar el asunto.

—Mi hermana, sin duda, sabía desde un primer momento que el libro no existía, porque me dijo que lo había leído una vez que se lo prestó su novio.

»No sé por qué mi hermana me contó aquella mentira. No era una persona que se inventara ese tipo de mentirijillas sin sentido. ¿Y entonces por qué? Quizá simplemente quisiera gastarme una broma, o quizá se había dado cuenta de que me gustaba en secreto su novio y le entraron ganas de hacerme una jugarreta... Sea como fuere, ahora que ella ha muerto, ya no lo sabré nunca.

»Pero, aunque ahora sé que el libro no existe, todavía hoy cuando entro en una librería de segunda mano me pongo a buscarlo. Y cuando alguien me pregunta si hay algún libro que me gustaría tener, el primer título que sale de mis labios es *Sueños dorados*. En alguna parte de mi corazón perdura la esperanza de que si encuentro ese libro, quizás algo cambie en mi interior, como le sucedía al anciano invidente de la novela. Ya sé que es un pensamiento de lo más pueril, pero...

Para finalizar, volvió a pedirnos perdón añadiendo:

—Nunca pensé que buscaríais ese libro para mí. Mil perdones, de verdad.

—No hay de qué. Fuimos nosotros quienes nos pusimos a buscarlo sin que nadie nos mandara...

Así que, sin tener la más mínima idea de todas esas circunstancias, Takano y yo habíamos pasado dos semanas buscando frenéticamente el libro en cuestión... ¿Acaso había otra manera de calificar aquello más que como una pérdida de tiempo? Aquel libro en sí mismo no era lo que deseaba Tomo-chan. Lo que realmente deseaba se hallaba en el trasfondo de la historia, lo que buscaba era la respuesta a una pregunta que ya no tenía contestación. Y su corazón permanecía atrapado por la muerte de su hermana y las circunstancias que rodearon los últimos tiempos junto a ella. O, mejor dicho, era ella quien no quería liberarse de semejante encierro.

Fuera como fuere, cuando Tomo-chan hablaba de su hermana siempre sonreía con tristeza. Y eso, lógicamente, me entristecía también a mí.

—¡Feliz cumpleaños! —gritó de pronto Takano poniéndose en pie—. Verte otra vez sonriendo me da mucho ánimo. Si yo aguantaba trabajar tanto tiempo en aquella cafetería era solo porque quería ver tu sonrisa.

Pero ¿qué decía este hombre tan a destiempo? Sorprendida, le di unos tironcitos de la manga para que se sentara. Sin embargo, se encontraba tan excitado que siguió en la misma línea de antes.

—Lo… lo que quiero decir es que, aunque tú no te dieras cuenta, aquí tienes a alguien a quien has ayudado mucho. Y que, sin ninguna duda, aquí hay alguien que se alegra de todo corazón de celebrar el día en que naciste. Me gustaría que lo recordaras. Eso es todo lo que quería decir.

Tras soltar su arenga, terminó repitiendo un mucho más reposado «feliz cumpleaños» y, con el rostro colorado, como si estuviera furioso, se sentó dejándose caer de golpe.

La escena quedó en absoluto silencio. Era evidente hasta un punto lacerante que había intentado animar a Tomo-chan pero, se mirase como se mirase, el procedimiento había sido demasiado brusco.

Ante nuestros ojos la caldereta seguía borboteando suavemente, así que apagué el hornillo de mesa. Tomo-chan permanecía en silencio mirando el suelo. Por fin, se puso en pie muy despacio. Descorrió el panel que nos separaba del almacén de los libros, se metió dentro y volvió a cerrar con un golpe seco.

—¿He hecho algo malo? —preguntó Takano palideciendo y girándose hacia mí.

En la habitación contigua no se oía sonido alguno. Probamos a esperar un tiempo, pero nada indicaba que ella fuera a salir. Empecé a preocuparme y, tras ir junto al panel corredero, di unos golpecitos con los nudillos y luego entreabrí un poco para escudriñar el interior. Entonces, a saber qué habría pasado por su cabeza, pero me encontré a Tomo-chan en medio de la penumbra sentada en postura formal y concentrada en la lectura de un libro. Aunque abrí por completo el panel, ni se volvió hacia mí.

—Oye, Tomo-chan... —llamé a aquella figura sentada de espaldas a mí.

—¿Sí?

—¿Qué haces?

—¿Cómo? ¿El qué? Pues leer un libro... —contestó con serenidad.

—Ya, sí, pero quiero decir que por qué te pones a leer ahora.

—Es que de pronto me entraron ganas de leer.

Tomo-chan continuaba con la vista clavada en el libro. Eso debía ser lo que llaman «huir de la realidad que tienes ante los ojos». De lo que le dijo antes Takano-kun, que podía entenderse como una declaración de amor.

Cuando Takano se le acercó un poco por la espalda, Tomo-chan pegó un poco más su rostro al libro, como queriendo concentrarse todavía más en la lectura. Takano y yo nos miramos sin saber qué hacer.

Entonces, algo debió ocurrírsele a él porque de pronto, con determinación y serenidad, se sentó al lado de Tomo-chan, sacó a voleo un libro de bolsillo de la estantería más cercana y se puso a leerlo en silencio.

Durante un instante, Tomo-chan alzó un poco la vista y miró de reojo a Takano, pero luego, sin decir nada, sus ojos volvieron al libro.

—Pero ¿qué... qué es esto? Me estáis dando miedo —murmuré a sus espaldas sin poder evitarlo.

A pesar de mi comentario, ni se inmutaron. Cuando ya empezaba a preguntarme qué podría hacer si decidían permanecer así hasta el amanecer, Takano comenzó a hablar con voz tranquila.

—Escucha, Aihara-san, a mí no se me da bien hablar y no sé explicarme correctamente, pero sí soy capaz de mantener contigo una relación callada, como ahora. Cuando te parezca necesario, me llamas y yo acudiré volando.

Tomo-chan no apartó la vista del libro pero, a pesar de la escasa iluminación, me pareció que se había movido un poco. Que había asentido ligeramente con la cabeza. También debió comprenderlo así Takano-kun, porque mostró una leve sonrisa y volvió a la lectura.

Sorprendentemente, Takano estaba demostrando comprender mejor que yo a Tomo-chan o a la gente en general. Mientras yo había estado dudando sobre cómo tratar con ella, él a mi lado estuvo pensando en cómo hacer que se tranquilizara. Aquella puerta que la interesada había cerrado por propia voluntad no debía ser abierta a la fuerza, sino que solo tenía sentido el que se abriese desde dentro. Ahora comenzaba a entender. Y a la vez, mientras contemplaba las figuras vueltas de espaldas de aquellos dos, me dio la impresión de que no pasaría mucho tiempo antes de que Tomo-chan abriera aquella puerta del modo más natural.

Saqué yo también el libro que estaba más a mano y, recostándome contra la pared, me puse a pasar las páginas. Mientras lo ojeaba, tomé una decisión. Ya está, llamaría por teléfono a Wada. Y le diría que me gustaría quedar pronto con él. Porque tenía que derribar por mí misma el muro que había levantado.

Así, el día de cumpleaños de Tomo-chan terminó con el único sonido del pasar de las hojas.

Capítulo once

Por influencia del tifón que estaba cruzando por la mitad occidental del Japón, en Tokio llevábamos varios días de fuerte viento y lluvia. Además, las calles estaban llenas de hojas de árboles caídas y las ramas medio desnudas apuntaban avergonzadas hacia al cielo.

Wada llevaba un tiempo bastante ocupado en el trabajo, así que al final no pude verle hasta cuatro días después del cumpleaños de Tomo-chan. En realidad, ese día Wada lo tenía libre, pero de pronto surgió un asunto que le hizo trabajar hasta por la tarde y cuando por fin nos encontramos ya era casi la hora del atardecer.

Al parecer Wada pensaba que últimamente yo no me sentía bien, por lo que nada más verme me preguntó preocupado si me había pasado algo. Así que le conté lo que había visto aquella noche.

—Entonces, ese era el motivo de que estuvieras alicaída… —murmuró Wada al oír mi historia, como si por fin se hubieran despejado sus dudas.

»Ya veo. Sí, es lógico —añadió después con un suspiro, como quien comprende que ha cometido un gran error.

Se quedó unos instantes inmóvil y con los ojos cerrados.

También ese día el Subol estaba bastante lleno. En el asiento contiguo al nuestro se sentaba un hombre vestido con chaqueta que, mientras tomaba un café, leía un periódico extendido de lado a lado, y en el espacio frente a nosotros había una pareja joven cuchicheando algo mientras se miraban el uno al otro. Por la mañana había cesado por fin la lluvia y por primera vez en varios días el sol asomaba su rostro. Por la ventana penetraban silenciosos los últimos rayos de luz del atardecer, iluminando un poco el umbrío interior del local.

Desde que nos sentamos, Wada no había tocado su café y mantenía un semblante severo. El hombro que quedaba junto a la ventana estaba teñido de color dorado por el atardecer. Como por más tiempo que pasaba permanecía inmóvil, comencé a preocuparme y le pregunté «¿te encuentras bien?».

—Sí, no pasa nada —me contestó abriendo los ojos y con voz mucho más seria que de costumbre—. Lo siento, la culpa es mía por no habértelo contado. Y además, fui muy imprudente. No sé cómo explicarlo, pero me pareció que no te gustaría oír hablar de ello, que te haría sentir mal. Pero en cambio, por no habértelo contado, he hecho que te preocuparas. De verdad que lo siento mucho.

Wada me dijo todo esto muy deprisa. Y después comenzó a explicarme los motivos por los que se había visto con ella. Aquel día, al atardecer, le llamó al trabajo por primera vez en un año y le dijo que le quería devolver un libro. Él contestó que no se preocupase y que podía quedárselo, pero ella insistió diciendo que ya estaba por allí cerca. Entonces, cuando aceptó y se encontraron, ella comenzó a decirle que quería reanudar la relación… Al llegar allí le corté abruptamente.

—Es igual, no sigas, ya no me preocupa.

—¿Cómo dices, por qué? —me preguntó abriendo mucho los ojos.

—Pues eso, que ya no me preocupa. Ya he comprendido que aquello no tuvo ninguna importancia.

Y tras decir eso, sonreí. Conseguí hacerlo con toda naturalidad. A decir verdad, hasta que no me vi frente a frente con Wada como antes, estaba muy nerviosa. Pero ahora que lo tenía delante, mi preocupación se había desvanecido por completo y realmente sentía que ya no había ningún problema.

—¿Eh? Pero...

Wada frunció el entrecejo con expresión de no comprender por qué había quedado satisfecha tan pronto sin escuchar el resto. Era la misma expresión que adoptaba siempre de manera inconsciente cuando se sentía confuso. El hombre que teníamos al lado debió de haber escuchado algo porque apartó un momento la vista del periódico y nos echó una ojeada. Sin embargo, pareció perder pronto el interés y volvió a sumergirse en su mundo.

—No te he pedido que vinieras hoy para hablar de ese tema. La verdad es que simplemente quería verte.

—Pero como te preocupaba el asunto, entonces...

Moví la cabeza en un gesto negativo.

—No, eso no es lo importante. Es verdad que cuando os vi me supuso un golpe, pero lo que más me afectó de todo fue el comprender que si aquella escena me había impactado es porque no confiaba al cien por cien en ti. Y entonces ya no supe con qué cara podría presentarme ante ti... Por eso, quien tiene más culpa soy yo.

—¿Culpa?

Wada volvió a su expresión ceñuda. Hoy estaba todo el tiempo perplejo.

—Eso es. Soy muy cobarde y por eso hasta ahora evitaba revelar el fondo de mi corazón. De un modo inconsciente, tenía miedo de hacerme daño. La tía Momoko me lo hizo notar y por fin he visto las cosas claras. Por eso he decidido cambiar de actitud.

Al convertir mis sentimientos en palabras, me daba la impresión de que las cargaba de una energía innecesaria, como si fuese liberando tensión de mi interior, y aquella sensación me resultó muy relajante. Bastaba fijarse bien en Wada para darse cuenta de que no existía ningún motivo de preocupación. Hasta ahora no lo había hecho. Desde que comenzamos a salir juntos, nunca lo había intentado.

Wada parpadeó varias veces mientras contemplaba mi rostro y, finalmente, con tono de estar hondamente emocionado, murmuró «ya veo».

—¿El qué?

—Pues que pensando en mí toda esta semana has debido de estar dándole vueltas al asunto —contestó comenzando por fin a beber su café.

—No, no —contesté negando con la cabeza. Más que pensando en ti, pensando en mí. Creo que, de no haberlo hecho así, habría terminado por odiarme a mí misma. Entonces no habría sido capaz de continuar nuestra relación y de ningún modo quiero que suceda eso.

Al escuchar mis palabras, Wada se rascó la cabeza y sonrió como abrumado.

—Hoy me siento como si me hubieran montado en una montaña rusa.

—Perdona, creo que he dicho una buena sarta de cosas raras...

Tras estas palabras y como dando a entender que este asunto se acababa aquí, me tomé de un trago todo el café que quedaba en la taza.

—No, nada de eso, todo ha sido culpa mía. En cualquier caso, ya no tengo nada que ver con aquella mujer. Ni pienso volver a verla. Puedes creerme.

Antes de salir de la cafetería, Wada, con su rectitud habitual, añadió estas palabras como arrepentido, arrancándome una risita.

∽

Después, fuimos paseando por las calles bajo el atardecer en dirección a la casa de Wada. Al día siguiente ambos teníamos que trabajar, pero aun así hoy quería estar con él.

—A mí también me gustaría confesarte algo —dijo de pronto mientras caminaba a su modo habitual, estirando mucho la espalda—. La verdad es que siempre te he envidiado mucho.

—¿A mí? ¿Por qué? —pregunté, sorprendida ante ese comentario que no me esperaba en absoluto.

—Tienes muchas personas a las que abrir tu corazón y en quienes confiar, ¿no?

—¿Te refieres a mis tíos, Satoru y Momoko?

—Sí —asintió Wada con una sonrisa. Salta a la vista. El cariño que te tienen todos.

—¿Sí? No sé yo…

No es que no fuera consciente de ese tipo de cosas, pero me daba la impresión de que, más que muestras de cariño, lo que hacían muchas veces era tomarme el pelo. En especial Sabu o la tía Momoko.

—Y eso es porque eres una persona fascinante. Y además porque tú también te preocupas mucho por la gente que te rodea.

—Hombre, tanto como fascinante... —contesté avergonzada—. Lo que pasa es que cuando me mudé a Tokio pasé mucho tiempo sin apenas conocidos íntimos. Bueno, cuando vivía en casa de mis padres tampoco era que tuviera muchos. No había nadie como mis tíos o como Tomo-chan con quien pudiera hablar con plena confianza. Por eso ahora me doy cuenta de lo importante que es.

La primera vez que fui a la librería de mi tío, no podía ni soñar con que iba a conocer a tanta gente. Ni tampoco, claro, que intimaría con alguien como Wada. Si no hubiera sido por aquel miserable final de mi anterior relación sentimental, nunca habría ido a la librería Morisaki, mi tío no sería más que un pariente que vive en algún lugar lejano y, muy probablemente, nunca hubiera conocido a Wada. Cuando pensaba en ello, me parecía algo casi mágico. Todos aquellos sucesos se entrelazaban para desembocar en el paseo que ahora íbamos dando juntos por esas calles en las que caía el atardecer.

Pero que Wada sintiera envidia de mí resultaba algo en exceso inesperado. Alguien como él tenía que ser querido por mucha gente allá donde fuera, y sería capaz de llevarse bien con todo el mundo. Cuando se lo dije, lo negó enérgicamente.

—Nada de eso, en absoluto. Ya desde que era un niño no paraban de decirme que era un chico espabilado. Ciertamente, vaya adonde vaya sé arreglármelas para salir adelante. Pero, por otra parte, para poder llevarme bien con los demás, siempre tengo que adoptar una actitud distante. Mi corazón siempre está en calma, y ni siquiera de niño he sentido casi nunca una alegría lo suficientemente intensa como para sacarme de ese estado de ánimo. Ni yo mismo sé por qué. Imagino que habrá influido el hecho de que me haya criado en un ambiente familiar frío, y que durante un tiempo intentase apartarme lo más posible de mis padres, pero estoy seguro de que no se trata solo de eso. Quizá sea algo de nacimiento, que yo esté hecho así...

Mientras hablaba, Wada miraba cada dos por tres el dorso de su mano derecha. Daba la impresión de que intentaba examinar la manera en que estaba fabricado su cuerpo.

—Entonces, cuando alguien está junto a una persona así, aunque al principio pueda sentirse atraído por curiosidad, termina desencantándose. Por eso, con el tiempo, todos acaban apartándose de mí. ¿Viste el aspecto tan desordenado que tenía mi casa la primera vez, no? No sé cómo explicarlo, pero aquello expresaba a la perfección el tipo de persona que soy. He conseguido de alguna forma la técnica necesaria para ofrecer un aspecto exterior aceptable, pero el interior está todo revuelto, sin poder meterle mano.

»Pero cuando te veo a ti, Takako, o a tus tíos de la librería Morisaki, siento una gran envidia y pienso de todo corazón que me gustaría pertenecer a vuestro círculo. Me produce una gran atracción. Aquello que te dije de que estaba escribiendo una novela ambientada en una librería es también porque, a mi manera, aunque sea de una forma ínfima, me gustaría entrar a formar parte de vuestro círculo.

Después de estas palabras, Wada me miró. Parecía un poco avergonzado por su confesión. Sin poder evitarlo, clavé la vista en su rostro, devolviéndole la mirada. Hasta ese mismo instante, realmente no había tenido ni la menor idea de que semejantes pensamientos pudieran cruzar por su cabeza. Ahora por fin entendía por qué cuando me reveló que estaba escribiendo una novela se le veía con el rostro en tensión...

—Quiero que los demás me acepten. Quiero mezclarme con vosotros, y sentir al mismo tiempo las mismas alegrías y tristezas. Créeme que es la primera vez que me siento así.

Tomé en silencio la mano de Wada y la estreché con fuerza, sintiendo su calor.

—Por supuesto que sí. Así será. Porque eres un hombre encantador.

—¿Tú crees? —murmuró, dubitativo.

—Claro que sí —le respondí tajante mirándole otra vez. Te lo garantizo.

Wada me miró con expresión un tanto sorprendida y luego, entornando los ojos, sonrió.

—Gracias.

Él terminó con aquella palabra, pero más bien era yo quien debía haberla dicho. Wada me había dado una gran alegría al revelarme sus pensamientos. Una gran alegría al ver que le gustaban las mismas personas que para mí eran importantes. Sentía como si me hubieran dado una recompensa. Por haber sido valiente y haberle abierto mi corazón.

Expresar los propios sentimientos parece algo sencillo, pero en realidad suele resultar una tarea inesperadamente difícil. Y cuando la contraparte es alguien muy importante para ti, todavía más. Caminando a su lado, me daba cuenta de ello. Pero, si se le echa valor, a veces puedes conseguir, como ahora, acercarte mucho más a esa persona.

Al doblar la esquina ya tenía ante mis ojos el edificio que alojaba el piso donde vivía Wada. Con las manos aún entrelazadas, caminamos directos hacia allí.

Dentro de pocos días se acabaría mi estación favorita y entraríamos de lleno en el invierno. Pero bueno, el invierno tampoco estaba mal.

Estaba segura de que en adelante, ya fuera invierno, primavera o cualquier otra estación, me esperaban días muy agradables. Días para pasar riendo junto a esas personas a las que tanto quería.

Mientras caminaba entre la penumbra del atardecer, iba, sin fundamento alguno, dando por sentado este tipo de cosas.

Capítulo doce

«T engo que hablarte de cierto asunto».
Fue un día de mediados de noviembre cuando el tío Satoru me dijo de repente esta frase.

Era un día festivo en el que llegué a primera hora y, entre unas cosas y otras, llevaba unas dos semanas sin aparecer por la librería Morisaki. Después de que el día hubiera transcurrido plácidamente, se acercaba la hora de cerrar y, cuando me disponía a marcharme, el tío me detuvo con estas palabras sin mayor prolegómeno.

—¿Tienes tiempo todavía? —dijo con un inexplicable tono intranquilo.

—Sí, no hay problema. ¿Por qué?

Últimamente, en comparación con cómo era antes, mi tío hablaba poco. Ya me había dado cuenta hacía semanas, pero entre el asunto de Wada, lo de Tomo-chan y lo ocupada que estaba en el trabajo, la verdad era que no me había sobrado tiempo como para preocuparme por ello. Aun así, sin duda, mi tío se comportaba de manera rara de un tiempo a esta parte. Ya de entrada, el hecho de que me dijera de ese modo que deseaba tratar un asunto conmigo resultaba extraño. Mi tío era un hombre que, cuando quería hablar, hablaba sin consultar con nadie.

De momento, cerramos la librería entre los dos lo más deprisa que pudimos y salimos.

En cuanto nos vimos en la calle, una ráfaga de aire frío nos acarició las mejillas. Era por completo una noche de invierno. Los alrededores estaban envueltos en un silencio todavía mayor que el habitual, y aquel aire frío y seco casi provocaba escozor en la piel. En el negro firmamento brillaban unas pocas estrellas.

—Bueno, ¿caminamos un poco? —propuse a mi tío.

Pensé que con el frío de la calle y haciendo algo de ejercicio se animaría un poco.

—¿Pero no tendrás frío?

—No, precisamente porque hace frío, me apetece andar.

—Ah, bueno. Pues entonces te acompañaré en el paseo.

Salimos de la calle Sakura para entrar en la avenida y, tras doblar la esquina, comenzamos a avanzar todo recto. Mi tío, para las piernas tan cortas que tenía, caminaba bastante rápido y además carecía del arte de adaptar su paso a quienes iban más despacio que él. Por tanto, cuando paseábamos juntos, iba aumentando la distancia entre ambos. Pero sabía que siempre, cuando ya se había adelantado un trecho, se paraba unos momentos para esperar a que lo alcanzara, por lo que no me molestaba en apretar el paso. Yo iba tranquilamente a mi ritmo, mientras perseguía la espalda de mi tío. Igual que cuando era una niña. Cuando salía a pasear con mi tío, siempre iba en persecución de las espaldas de aquella figura menuda y delgada.

Al llegar junto al foso del Palacio Imperial, decidimos descansar un rato antes de dar media vuelta. Las luces de la ciudad se reflejaban en las aguas del foso, surcadas por las elegantes siluetas negras de diversas aves acuáticas. Detrás de los setos que delimitaban el palacio reinaban el silencio y la oscuridad. Mi tío se acercó a una máquina expendedora, y mientras decía «para no resfriarse», compró dos botellas de limonada caliente y me dio una. Tampoco había cambiado en eso, porque ya desde antes le gustaba la limonada caliente.

—Bueno, vamos allá —dijo mientras se sentaba en un banco junto al foso como si estuviera haciendo un gran esfuerzo.

—¿No te duele el trasero? —le pregunté con una sonrisa amarga.

—Bueno, por eso no hay problema —contestó levantando un pulgar para indicar que todo iba bien.

Desde aquel lugar se veía perfectamente el cielo nocturno. Había un estrecho cuarto de luna y un poco más atrás brillaba la constelación de Orión. En las ventanas del edificio de cierto periódico que se alzaba frente al Palacio Imperial, todavía quedaban muchas luces encendidas. Por la calle que circundaba el foso pasaba de tanto en tanto gente haciendo *footing* con el aliento entrecortado. Mientras seguíamos con la mirada a los corredores que cruzaban delante de nosotros, mi tío y yo bebíamos nuestras limonadas calientes a sorbitos.

—Ah, por cierto, muchas gracias por aquel viaje que nos regalaste. Protesté un poco, pero al final me alegro de haber ido. Además, para Momoko fue también muy agradable. Pensándolo bien, hacía más de diez años que no hacíamos un viaje juntos.

¿Por qué sacaba ahora a colación mi tío lo del viaje, después de que había pasado más de un mes?

—No hay de qué. Es que como siempre hacéis tantas cosas por mí...

—Nada de eso, no hacemos gran cosa.

—¿Cómo que no? Si desde que era una niña has estado preocupándote por mí —le contesté mientras levantaba la mirada hacia el cielo estrellado.

Caí en la cuenta de que el tío Satoru conocía muchas cosas de mí desde que era una niña y me entró un poco de vergüenza.

—Quizá… Es que al final, entre unas cosas y otras, nuestra relación ya dura más de veinte años —dijo él alzando también la vista hacia el cielo y entrecerrando los ojos como si recordara viejos y agradables días.

»Hay que ver qué deprisa pasa el tiempo —añadió.

—Bueno, entremedias hubo también una larga temporada en que apenas nos vimos, ¿eh? A decir verdad, cuando entré en la adolescencia, hubo un periodo en que no me apetecía nada verte. No entendía tu manera de pensar, y me parecía absurdo que a tu edad anduvieras por ahí sin saber muy bien a qué dedicar tu vida…

—Oye, eso es muy duro. No me lo esperaba.

Mi tío, mientras expulsaba el aliento en unas bocanadas que parecían bolas de algodón, se rio a su tonta manera habitual al hacer este comentario.

—Perdóname. Pero de niña estaba encantada contigo. Cuando me acuerdo de aquellos días, solo tengo buenos recuerdos. Ahora entiendo lo cariñoso que fuiste conmigo entonces.

—Ja, ja, ja. Así que sin darme yo cuenta, me odiabas. Vaya, ahora entiendo que pasara tanto tiempo sin que vinieras a verme.

—No he dicho que te odiara, he dicho que no me apetecía verte. Pero ahora ya no es en absoluto así.

—Bueno, pues entonces está bien.

Mientras estábamos hablando me daba cuenta de que pasaba algo raro. A mi lado, mi tío se reía como siempre y hablaba como siempre. El tono amable de su voz era el acostumbrado. Pero había algo claramente distinto. Por algún motivo, parecía indeciso. Estando el uno junto al otro en medio de una noche tan tranquila, era una sensación que podía captar perfectamente y eso me inquietaba. Y mi inquietud crecía cada vez más.

A pesar de mis dudas, decidí preguntar a mi tío, ya que no se decidía a abordar el tema.

—Oye, ¿de qué querías hablarme?

—¿Eh? Ah, sí...

—¿No se tratará de algo malo?

Me di cuenta de que estaba agarrando mi botella de limonada con mucha fuerza, casi estrujando el plástico. El resto de mi cuerpo estaba frío y, sin embargo, mis manos sudaban. Mi tío me miró de reojo y asintió.

—Pues... sí.

—Venga, dímelo de una vez.

Mi tío asintió de nuevo. Después, comenzó a hablar con rostro muy serio.

—Verás... Últimamente el dolor de mi fístula anal ha vuelto a aumentar. Es ya un problema insoportable.

Me sentí estúpida por haberme preocupado tanto. Empujé a mi tío con ambas manos y casi se cae del banco con un gritito de sorpresa.

—Ta... Takako-chan, pero ¿qué haces? Haz el favor de no darle esos sustos a mi trasero.

—¡Idiota!

Exhalé un fuerte suspiro para liberar toda la tensión acumulada hasta hacía un rato. Me sentía enfadada pero, a la vez, aliviada. Así que se trataba de su fístula... De que le dolía... Imaginaba que debía ser duro, pero si solo era eso, no era como para preocuparse. Menos mal. O eso me pareció.

—Mañana sin falta tienes que ir al hospital.

—Sí, así lo haré.

—Sin falta, ¿eh?

Me puse en pie como impulsada por un resorte y le dije a mi tío:

—Bueno, creo que ya es hora de que volvamos, ¿no?

Hacía bastante frío y, si seguíamos así, realmente nos podríamos acatarrar.

Sin embargo, mi tío no daba muestras de que fuera a levantarse del banco. ¿Tanto le dolería la fístula? Viendo que no quedaba más remedio, me decidí a tirar de él y alargué el brazo derecho para ayudarle. Pero mi tío se quedó mirando fijamente el brazo, sin hacer nada por agarrarse. Impaciente, le dije «pero venga...» y entonces comenzó a hablar muy despacio.

—Verás, se trata de Momoko...

—¿Qué? —pregunté, sorprendida por lo inesperado del asunto.

—La verdad es que me lo contó por primera vez durante aquel viaje...

El tío Satoru hizo una pausa y apretó los labios. Después prosiguió con la misma lentitud.

—Por lo visto no hace mucho se le ha reproducido el cáncer. Ella lo sabía de antes porque se lo había comunicado el médico, pero dijo que no se decidía a contárselo a nadie. Y, bueno, parece que se encuentra en una fase muy avanzada...

El blanco aliento que expulsaba mi tío al hablar ascendía un poco y se iba difuminando.

—Hasta ahora era el único que lo sabía, pero poco a poco se irá dando cuenta todo el mundo. Por eso quería que tú lo supieras antes.

Sentí la extraña sensación de que, de repente, perdía el suelo que estaba pisando. Me costaba mantenerme en pie. Mis brazos y piernas se enfriaban a toda velocidad. El brazo que había alargado hacia mi tío perdió fuerza sin querer y se quedó colgando inerte en el vacío.

—Me estás engañando, ¿verdad? Si se la ve tan sana...

Quería creer que se trataba de una mentira. Mi pregunta era más bien un ruego. Pero no era ninguna mentira. La seriedad y la tristeza en los ojos de mi tío no dejaban lugar a la duda.

Capítulo trece

Una bandada de aves migratorias cruzaba por el insípido cielo invernal. Volaban en formación, en una larga columna y batiendo enérgicamente sus negras alas. Cuando pasaban casi por encima, de pronto hicieron un giro brusco e, impulsadas por el viento, se alejaron en otra dirección hasta que se convirtieron en un grupito de puntos negros.

¿Hacia dónde se dirigirán?, pensé mientras miraba distraída aquellos pájaros desde la ventana de la habitación del hospital.

Hoy hace mucho viento. El hospital contaba con un amplio jardín interior para que los pacientes pudieran pasear y en las tardes templadas se podía ver cierto número de gente por allí, pero, con el día que hacía hoy, como es lógico, no había nadie. El viento hacía crujir las ramas de la hilera de pinos, y el sonido se filtraba en la habitación junto con el aire fresco por la rendija que había dejado entreabierta para ventilar.

—¿Se ve algo interesante?

Me giré y vi que, desde la cama a medio reclinar, la tía Momoko me estaba mirando mientras hacía punto con expresión tranquila. Cerré la ventana con suavidad.

—Nada especial. Pensaba en lo fuerte que sopla el viento hoy. ¿No te importa que haya cerrado la ventana?

—No, está bien así. Gracias.

Momoko tejía moviendo las agujas a buen ritmo. De un tiempo a esta parte le ha dado por tejer y se concentra tanto que suele tener los ojos clavados en la tarea.

—¿Qué estás tejiendo?

—Unos guantes.

—¿Ahora que está terminando el mes de febrero?

—Qué más da, si lo hago solo por entretenerme. Es una tarea perfecta para soportar la monotonía.

—Ah, ya...

Sentada en una silla de metal junto a la cama, posé la mirada en el mismo punto que ella, esas manos que no paraban de moverse.

—Takako-chan, ¿te importaría quedártelos? Además, yo nunca uso guantes...

—Claro, yo sí los uso. ¿Para cuándo crees que estarán?

—A saber, quizás a comienzos de marzo. Pero si no, también los puedes usar el año que viene.

El año que viene...

Me repetí aquellas palabras en el corazón. No podía creer que el año que viene a lo mejor Momoko ya no estaría con nosotros. No, no quiero ni imaginarlo. Para borrar de mi mente aquel horrible pensamiento, contesté lo más animada que pude:

—Por supuesto. ¡Me los quedaré!

—Muy bien —dijo Momoko alzando un poco el rostro con una sonrisa encantadora.

Una sonrisa pura, cargada de cariño.

El lugar donde estaba ingresada Momoko era una habitación para cuatro personas en el tercer piso de uno de los hospitales policlínicos de la ciudad. Con anterioridad, ya la habían operado en este mismo hospital y al parecer estuvo ingresada en esta misma planta, aunque en una habitación diferente. Como en aquel tiempo vivía separada de mi tío, no tendría a nadie que estuviera a su lado. Creo que debió de sentirse muy sola y preocupada. El ambiente siempre estaba impregnado de olores específicos de los hospitales, como el de los productos desinfectantes o los medicamentos y también de un débil olor a sudor. Unas cortinas color crema y unas paredes blancas. Todo muy limpio, pero muy insípido. «Pues es que es un hospital», decía la tía Momoko como sorprendida de tener que explicar algo tan evidente.

—Anda, vete ya. Me da no sé qué verte todo el día sentada ahí.

La tía Momoko me señaló la puerta con el mentón sin dejar de mover las agujas un solo momento. Siempre que vengo a verla se repite la misma escena. Antes de que pase una hora, ya empieza a querer echarme. No sé si lo hace por deferencia hacia mí o porque realmente la molesto. Y si aun así me resisto a marcharme, hace un extraño sonido nasal y termina por decir:

—No hace falta que te preocupes tanto por mí. Como puedes ver, me encuentro bien.

Entonces, me marcho del hospital como si me estuvieran echando.

Pero lo cierto es que Momoko tiene buen color, la piel también presenta una apariencia normal y en general parece una persona sana. Come también todo lo que le traen sin dejar nada y, aun en cama, mantiene como siempre una postura correcta. Suena extraño, pero la sensación que daba era la de costumbre, hasta un punto asombroso.

❧

—Ahora sí que nos ha caído una buena, con la mujer esa…

Íbamos de regreso, la noche en que salimos a dar un paseo. Mi tío soltaba este tipo de comentarios en voz baja de vez en cuando. Andábamos casi arrastrando los pies, como si nos hubieran prohibido ir rápido, hombro con hombro en dirección a la estación. En realidad, ni siquiera me acuerdo de la ruta concreta que hicimos desde el foso imperial para la vuelta. Lo que sí perdura grabado en el fondo de mis oídos, por más tiempo que pase, son los continuos suspiros que, como brotando del alma, iban saliendo de labios de mi tío.

Aquella noche tuve conocimiento por primera vez de una serie de hechos que no había podido ni imaginar.

El cáncer que se había reproducido en la tía Momoko se encontraba ya muy avanzado y además se había producido una metástasis en los ganglios linfáticos, por lo que una operación quirúrgica difícilmente podría solucionarlo. Eso fue lo que le dijo el médico. Momoko lo asumió así y dijo que no deseaba operarse. Al principio mi tío se mostró totalmente en contra, pero después de mantener varias conversaciones con el doctor al cargo, comenzó a pensar que quizá sería mejor evitar la operación. Y además, se dio cuenta de que lo más importante era respetar la decisión de Momoko.

Mientras me contaba esto yo, a su lado, solo era capaz de intercalar un «sí» o un «ya» carentes de fuerza. Mi mente no alcanzaba a asimilar todas aquellas realidades a las que tenía que enfrentarse de pronto y no sabía ni qué pensar acerca de ello. Solo alcanzaba a comprender que lo que mi tío había deseado contarme era una cuestión mucho más grave de lo que imaginaba.

Los suspiros de mi tío se mezclaban con el ruido de los vehículos que pasaban a nuestro lado.

Caminé un rato en silencio con la mirada clavada en el asfalto, hasta que por fin pregunté:

—Y entonces, ¿te contó todo eso durante aquel viaje?

—Sí, empezó de pronto y me sorprendí tanto que al principio no sabía de qué me estaba hablando. Momoko tiene su lado chistoso y durante unos momentos dudé, pero me di cuenta de que no haría bromas con una cosa como esa. Enseguida comprendí que me estaba diciendo la verdad.

—Entonces lo sabes ya desde hace bastante tiempo...

Y yo que organicé aquel viaje pensando simplemente que me gustaría que ambos se tomaran un descanso... ¿Cómo iba a imaginar que en ese tiempo iban a mantener una conversación semejante? Pero, pensándolo ahora, me doy cuenta de que fue a partir de entonces cuando mi tío se volvió parco en palabras a ojos vista. Y se guardó aquello durante largo tiempo en el fondo de su corazón sin compartirlo con nadie. Viendo lo difícil que le resultaba incluso contármelo a mí, entendía que se hubiera comportado así. Convertir en palabras aquellos hechos significaba reconocerlos por completo, y el ser consciente de la situación debía de asustarle todavía más.

—Ha debido de ser muy duro guardártelo para ti solo...

—Qué va, nada de eso —contestó con una risa seca que sonó a falsa—. Además, como te he dicho antes, no es que vaya a pasar algo de un momento a otro. Seguramente, dentro de un tiempo habrá que hospitalizarla, pero nos han dicho que eso también depende un poco de cómo evolucione.

—Ah, bueno...

Sin embargo, si no la iban a operar, eso significaba que no se recuperaría y que, en cualquier caso, no le quedaba ya mucho tiempo. Eso era para mí el mayor golpe. Aquella enfermedad que anidaba en el interior del cuerpo de Momoko se llevaría su vida dentro de no mucho tiempo a otro mundo y ella dejaría de existir entre nosotros. ¿Desaparecer de nuestro mundo dentro de poco? ¿Cómo iba a poder creer algo semejante? Yo que, sin ningún fundamento, fantaseaba con cosas como que se convertiría en una abuelita encantadora... Y que, junto al tío Satoru, convertido también en un abuelito, seguirían años y años atendiendo la librería Morisaki...

Me di cuenta de que, al igual que mi tío, yo también estaba suspirando. Entonces, como si mi suspiro hubiera sido una señal, él volvió a murmurar:

—Vaya desgracia... Después de la alegría que me llevé con su vuelta tras esperar cinco años, ahora resulta que está enferma. Y encima de un cáncer prácticamente terminal. Y a pesar de todo eso, la propia afectada está todo el día tan tranquila, como si no pasara nada, lo cual lo hace todavía más difícil de aceptar. Ya podía comportarse un poco más como una enferma...

Moviendo la cabeza hacia los lados con pesar, volvió a suspirar.

—Sí...

—Nunca sé cómo tratar a esa mujer...

No sé la de veces que repitió eso mi tío hasta llegar a la estación.

❦

Sin embargo, después de aquella noche, lo cierto es que tal y como decía mi tío, durante un tiempo los días pasaron como si nada hubiera cambiado. Momoko atendía a los clientes de la librería como de costumbre y varios días por semana salía para ayudar en la casa de comidas igual que antes. Sabu u otros clientes habituales se dejaban caer a menudo por la librería para reírse con las contestaciones de la tía. Aparentemente, todo seguía como siempre.

De hecho, cuando yo misma, sabedora ya de la enfermedad, fui allí para preguntar por su salud, la tía Momoko contestó con su habitual despreocupación.

—Pues sí, es lo que hay.

—Pe... pero...

Quería decirle algo, pero antes de poder hacerlo, ella siguió.

—Estas cosas no tienen remedio. Ya de antes estaba medio mentalizada, así que hazme el favor de no poner esa cara tan seria, que vas a conseguir que me deprima hasta yo.

Tras haberme contestado con aquella jovialidad, me dio un palmetazo en la espalda. Era como si fuese ella quien tuviese que consolarme a mí.

Dado que la propia afectada se lo tomaba así, no tenía ningún sentido que yo me limitase a deprimirme.

Hasta el día en que llegase lo que tuviera que llegar, me gustaría pasar el mayor tiempo posible junto a Momoko, tanto en calidad de sobrina como de amiga bastante más joven que ella. Y de la forma que fuera, me gustaría ser útil en todo lo posible a ambos tíos. Esa fue mi firme decisión.

Poco tiempo después se decidió el traslado de Momoko al hospital. Sería un par de semanas después del año nuevo.

En principio, el planteamiento era que se trataría de una hospitalización breve pero que, dependiendo de la evolución de la enfermedad, podría convertirse en una de larga duración. Eso fue lo acordado. Momoko le explicó la situación al señor

Nakasono y quedaron en que durante un mes ella no podría ayudar en la cocina. Fue el propio Nakasono quien sugirió que, en vez de considerarlo como que dejaba el trabajo, se adoptara la forma de que hacía una pausa durante un mes, así que en enero dejaríamos de ver la figura de la tía Momoko vestida con mandil.

El tío Satoru se esforzaba por pensar cosas que pudieran alegrar a Momoko e incluso le propuso ir otra vez de viaje antes de que la hospitalizaran. Sin embargo, la tía Momoko dijo que quería pasar esos días tranquilamente en casa.

El tío sospechaba que a lo mejor lo hacía por él, sabiendo que no le gustaba ausentarse de la librería, e insistió, pero ella rechazó la idea de plano diciendo:

—Ya hemos ido una vez y es suficiente. Quiero estar el mayor tiempo posible contigo en la librería y ver cómo te encargas de ella.

Así que, visto lo visto, el tío Satoru se sintió incapaz de insistir.

Para entonces, ya todo el mundo en Jinbocho se había enterado de la enfermedad de Momoko. La primera vez que oyeron hablar de ello, al parecer todos reaccionaron con la misma incredulidad que yo, con un «¿Eh, cómo dices? ¿Momoko-san?». Sabu, por ejemplo, incluso me llamó por teléfono y con tono furioso me apremió para que le diese todos los detalles. Pero aun así, dado el deseo de Momoko de que todo el mundo se comportase como siempre, de cara a la galería nadie sacaba el tema ni adoptaba una expresión preocupada.

Como en los últimos días antes de la hospitalización Momoko ya no iba a ayudar en la casa de comidas, a mí me sobraba también mucho tiempo, así que iba con mayor frecuencia al Subol. A veces hablaba allí con el dueño, con Sabu o con Takano. Y a veces asomaba también por la cafetería la propia Momoko, jovial y gastando bromas a Sabu o a los otros como de costumbre, mostrando una completa serenidad. Un día que el dueño de la cafetería le preparó un batido especial, le gustó tanto que fue un par de veces a repetir, degustándolo con expresión de felicidad.

También estuvimos una vez tomando un té las dos con Wada. En aquella ocasión, la tía Momoko, completamente a propósito viendo que Wada estaba delante, me preguntó:

—¿Qué tal andan últimamente las cosas con Wada-2?

Así que Wada dijo:

—¿Wada-2? ¿Ese quién es? El 1 soy yo, ¿no?

Al ver su desconcierto y la seriedad con que hablaba, la tía Momoko pareció divertirse mucho. Pero luego, como si de pronto hubiera recordado algo, le dijo:

—Cuídame bien a Takako, ¿eh? A veces es un poco cobardica, pero es muy buena chica.

Momoko no era alguien que soliera decir esas cosas. Me quedé boquiabierta sin saber qué decir, pero Wada contestó enseguida, no menos sorprendido.

—Sí, claro que sí.

Mi tío, en cambio, seguía con el mismo aire embotado de los últimos días, parecía no enterarse de nada y, de hecho, tenía él mayor aspecto de enfermo que Momoko. Pero, como seguía abriendo la librería todos los días, de vez en cuando me dejaba caer para ver cómo iban las cosas. Si, en esos días, le preguntaba preocupada «¿te encuentras bien, tío?», siempre me contestaba «sí, sí, tranquila». Pero no tenía el menor aspecto de estar bien. No obstante, si insistía, entonces se irritaba, así que últimamente optaba por sacar temas de conversación que le animaran.

—¿Tienes algún libro que me recomiendes?

—¿Qué? Ah, ya, déjame ver... Pues... hoy no se me ocurre ninguno. Lo pienso unos días y te digo.

Incluso para este tipo de cosas, en las que siempre le faltaba tiempo para contestarme, había perdido la capacidad de reaccionar. Y, como sucedía de un tiempo a esta parte, pasaba el día suspirando.

—Oye, ¿no se te ocurre nada en lo que te pudiera ayudar?

Al ver la expresión ausente del rostro de perfil de mi tío, no pude aguantar más y le pregunté con toda seriedad. Si yo podía servir de algo, quería hacerlo como fuese. Pero mi tío dio un respingo de sorpresa y se giró hacia mí con expresión de «hay que ver qué cosas te pasan por la cabeza».

—Tú ya me ayudas más que de sobra. Incluso vienes a acompañarnos al hospital. No podemos pedirte más de lo que haces.

Después de decir esto, sonrió sin fuerzas.

Ahora que ya no sonaba en ella la enérgica voz de mi tío, la librería Morisaki me parecía un lugar tremendamente insípido.

c℘

A principios de febrero, una semana después de que Momoko ingresara en el hospital, el médico encargado de su caso comunicó que le quedaba medio año de vida. Pero, cuando el tío Satoru me lo transmitió, no pude sentir que aquello fuera realidad. Me parecieron únicamente unas palabras sin sentido. No me podía imaginar siquiera que la tía Momoko fuese a dejar de estar entre nosotros. Y menos aún viendo a la propia Momoko, respirando y riéndose sin el menor asomo de síntomas de enfermedad...

La Muerte me parecía una presencia todavía muy lejana, de algún remoto futuro. Incluso pensaba que, tratándose de la tía Momoko, podría echar de una patada a la Muerte mientras se reía a carcajadas, sin dejar ni su sombra. Cualquiera que le viera habría pensado lo mismo.

Me dirigí a la habitación de Momoko como quien busca reafirmarse en sus creencias. Cuando vi que continuaba con el mismo aspecto de siempre, me alivié en secreto. *¿Pero qué dicen? Si está perfectamente, si se la ve estupenda...*, pensé. Sinceramente, así lo creí.

Cuando llegue octubre, o quizás incluso en septiembre, cuando empiece el fresco, iremos juntas otra vez al monte, a Mitake.

Un día en que acudí a la habitación del hospital para visitarla, probé a invitar a Momoko que, como de costumbre, estaba haciendo punto. Le propuse ir hasta la cima del monte las dos solas en el teleférico, como en los viejos tiempos, y quedarnos a dormir en el albergue de montaña con el resto de los turistas. Seguro que seguirían allí aquellas dos mujeres, la señora del albergue y Haru, como la otra vez. Podríamos ir de nuevo a verlas. Y después, tras pasar el día entero yendo de mirador en mirador admirando hermosos paisajes de montaña, a la noche nos acostaríamos extendiendo nuestros futones el uno junto al otro.

—¿Verdad que estaría bien? En aquella ocasión tú también dijiste que lo habías disfrutado, ¿no? —le animé inclinando el cuerpo hacia ella.

—Pues sí, pero... —contestó Momoko como desganada—. Recuerdo que empezaste a quejarte de que si te dolían los pies, que si no sé qué...

—Nada de eso, no me quejé.

—Que te digo que sí.

—Bueno, algo sí que me quejaría, pero te aseguro que la próxima vez no lo haré.

—Uy, cualquiera sabe. Con lo quejica que eres...

—Pues si no te lo crees, te lo juro.

—Ahora que lo dices, recuerdo que en aquella ocasión te caíste de culo y te hiciste un raspón, ¿no? Fue un gran momento, qué manera de reír... —dijo Momoko mientras sonreía maliciosa.

En definitiva, la conversación se acabó sin obtener una respuesta clara sobre si me acompañaría o no.

En el jardín interior que se veía por la ventana de la habitación ya empezaban a marchitarse las flores de un cerezo que había florecido demasiado temprano. Sus pétalos bailoteaban formando un remolino sobre la acera que discurría a su lado.

Capítulo catorce

Aun llegado el verano, la tía Momoko seguía con su habitual aspecto saludable. Hubo varios días seguidos de intenso calor y nos preocupaba que empeorase, pero continuaba mostrando apetito y tenía buen color. Repetía las altas y los reingresos en el hospital y, cuando estaba fuera, solía aparecer a menudo por la librería Morisaki. Una noche en que pasó Tomo-chan a vernos, fuimos los tres a cenar al establecimiento del señor Nakasono.

Sin embargo, a principios del otoño, durante unos días en que por fin soplaba un agradable aire fresco, la situación cambió por completo. Momoko, que pasaba unos días cuidándose en el propio domicilio, de pronto se desplomó. Estaba previsto que permaneciera una semana en casa, pero ese mismo día hubo que reingresarla a toda prisa en el hospital.

—El médico me dijo ayer que debemos ir mentalizándonos de que no aguantará mucho —me informó mi tío por teléfono con voz tensa—. ¿Podrías ir a verla otra vez cuando tengas un rato?

Aquella breve llamada de mi tío contenía una potencia más que suficiente para hacer añicos la leve esperanza que había alimentado durante el último medio año. Y en aquel momento cobró forma concreta aquello que yo intentaba mantener oculto en la sombra, aquella realidad de la que apartaba la vista con todas mis fuerzas.

Al día siguiente, aprovechando la hora de descanso del trabajo, me dirigí a toda prisa al hospital. Cuando abría la puerta de la habitación de Momoko, con el pecho embargado por la inquietud y la tensión, enseguida me saludó su reconocible voz:

—Anda, pero si es Takako-chan. ¿Otra vez por aquí?

Las palabras eran las de costumbre. Pero ahora su voz era mucho más débil, casi sin fuerzas. El cuerpo también debía estar muy debilitado porque las veces anteriores casi nunca estaba acostada por completo en la cama o, si lo estaba, se incorporaba enseguida en cuanto me veía, cosa que esta vez no hizo. Con lo bien que parecía estar cuando la vi hace apenas una semana...

Cuando se cruzaron nuestras miradas, la tía Momoko dejó escapar una risita como si fuera una chiquilla avergonzada.

—Momoko-san...

Sin poder evitarlo, mi voz sonaba angustiada y estaba a punto de echarme a llorar. Pero conseguí recuperarme y proseguí fingiendo estar animada.

—Menudo susto me llevé el otro día cuando llamó el tío...

—Como ves, ahora me he vuelto más importante...

La nueva habitación que le habían destinado era individual. Momoko estaba sola en el centro de la sala, acostada en su blanca cama. La habitación en sí era amplia, pero el ambiente resultaba opresivo. Algo en el aire transmitía la sensación de que muchas personas habían pasado por esa cama para luego desaparecer. Por algún motivo, solo con estar en esta sala, la sensación iba calando la piel.

—¿Ha venido el tío?

—Sí, se fue hace un rato a casa para buscarme otras ropas y demás. Como la hospitalización fue tan repentina, apenas trajimos nada.

—Ya...

Me quedé allí esperando hasta que regresó el tío. A diferencia de como hacía antes, Momoko no me metía prisa con aquello de «venga, márchate ya» y permanecía acostada a mi lado en silencio.

Y cuando ya me iba, me dijo con aire entristecido:

—Gracias por haber venido tantas veces a verme, Takako-chan. ¿Puedes seguir haciéndolo?

—No pareces la misma, tía Momoko.

—Es que normalmente me da vergüenza. Estas cosas solo las puedo decir cuando me siento débil...

—Pero tienes más encanto ahora que dices lo que piensas.

—Vaya cosas que le dices a una vieja como yo...

—Vendré otra vez dentro de poco. Descansa bien, ¿eh?

Momoko giró el rostro hacia mí y asintió dócilmente con una sonrisa. Sentí algo en mi interior, como una masa de aire caliente. Era como si tuviera un globo ardiente en el pecho que ascendiera pugnando por salir. Nada más abandonar aquella sala, me apoyé contra la pared del pasillo para recuperarme de la impresión. Estuve un tiempo con la mirada vagando por los fluorescentes del techo.

⟡

Como en aquellos días el tío Satoru tenía que ir a menudo al hospital, lógicamente la librería Morisaki cerraba con frecuencia. Eso le disgustaba mucho a Momoko pero el tío

Satoru, ignorando sus protestas, seguía yendo con regularidad a visitarla.

Satoru adelgazaba a ojos vista. Ya de por sí siempre había sido delgado, pero ahora había llegado a un extremo y el cuerpo parecía haber menguado hasta el punto de que dolía verlo. Además, lucía unas profundas ojeras y mejillas descarnadas, dando la impresión de haber envejecido cinco años en solo un par de meses. Además, tenía siempre la cabeza en las nubes. A veces ni siquiera se daba cuenta de que había un cliente frente a él alargándole un libro para que se lo cobrase. Entonces, yo le daba unos golpecitos en un hombro.

—Tío, tienes un cliente...

—Ah, sí, sí, disculpe... —decía confuso mientras recibía el libro y lo cobraba.

Pero, una vez que se marchaba el otro, volvía a quedarse con la mirada perdida en el vacío y sumido en sus pensamientos.

El aspecto en sí de la librería era el acostumbrado. Los libros, gracias a la precisa clasificación de mi tío, se alineaban con criterio en las estanterías y el local estaba limpio. Pero nunca habría podido imaginar que, por contra, eso convertiría ahora este recinto en un lugar opresivo. Sería mejor que mi tío se tomara un descanso. Aunque sin insistir demasiado, de vez en cuando se lo sugiero. Sin embargo él no me presta oídos y contesta que prefiere estar trabajando porque así está distraído y no tiene tiempo para pensar.

—Pero si sigues así, cualquier día vas a enfermar...

—No te preocupes. No soy tan débil.

El tío Satoru, que era un quejica que siempre andaba con las cuitas más insignificantes, en momentos como este, en cambio, se las daba de fuerte.

—Además, Momoko se pasa el día diciendo que siente mucho las molestias que me causa y hasta pide perdón. La enfermedad le debe haber afectado la cabeza, porque nunca creí que haría algo semejante. Así que tengo que mostrarle que no me está causando ningún perjuicio, para que no se preocupe.

—Tío...

Ya no supe cómo seguir.

—Soy completamente incapaz.

Sentado en su *jirō* y con la mirada perdida en el vacío, mi tío comenzó a murmurar un quejumbroso soliloquio.

—Pensaba que durante este medio año ya me había hecho a la idea de que me quedaba poco tiempo junto a ella. Y sin embargo, sigo sin poder resignarme. Aunque vea que llega el momento definitivo, continúo pensando que tengo que pasar aunque sea un día más con ella. Me repito «no te vayas todavía, por favor», como si estuviera en su mano. En cambio ella sí lo tiene asumido. Soy yo quien no puede aceptarlo. Siempre pido demasiado...

—No es pedir demasiado —le corté, enérgica.

Pero mi tío meció la cabeza con un gesto negativo.

—Sí lo es, nunca tengo suficiente. Últimamente no paro de pensar que no me importaría renunciar a lo que hiciera falta con tal de que ella pudiera estar junto a mí más días.

Mi tío sonrió con amargura y tras añadir «mi espíritu es insaciable», de pronto pareció darse cuenta por primera vez de que me tenía delante.

—Perdona. No paro de quejarme...

—No te preocupes. Escucharte es de las pocas cosas que puedo hacer en este caso.

Y, en realidad, era prácticamente lo único que podía hacer. Me sentía decepcionada conmigo misma por ello. Andaba sumida en estos melancólicos pensamientos cuando mi tío, sentado a mi lado, se puso en pie de repente con un «¿oh?».

—Huele a flores de osmanto...

Y tras decir esto, cerró los ojos y aspiró profundamente. Le imité, intentando captar el aroma. Tenía razón. Mezclándose con el olor a moho de los libros, llegaba de alguna parte ese característico aroma dulzón que se intensificaba al anochecer.

—Sí, ha llegado la temporada.

Después de mi comentario, por primera vez pude ver en ese día a mi tío sonriendo con naturalidad.

—A Momoko siempre le ha gustado este olor. Ojalá entre de alguna manera en la habitación del hospital y se dé cuenta...

Como si estuviera rezando por ello, el tío Satoru cerró los ojos.

⸗

El tiempo transcurría y pasaban los días. Es algo que nadie puede detener. La última vez que vi a la tía Momoko fue una tranquila tarde de primeros de octubre. Por la ventana entraba un agradable airecillo de otoño y el perfume del osmanto que florecía en el jardín llegaba hasta el interior de la habitación. El aire mecía suavemente las cortinas. Reinaba tal silencio que hasta ese suave rozar de la tela se percibía con claridad. Así era el ambiente aquella tarde.

En cuanto aparecí en la habitación, mi tío comenzó a farfullar unas palabras confusas sobre que tenía cosas que hacer y se esfumó enseguida. Pensándolo ahora, probablemente mi tío, presintiendo que podía ser la última vez que nos viéramos, lo dispuso así para que pudiéramos hablar a solas.

—Anda, cuéntame alguna historia —pidió la tía Momoko terminando de despertarse tras haber pasado un rato dando breves cabezadas.

»Hoy me siento bien y tengo ganas de escuchar alguna historia.

—¿Qué tipo de historia?

—Cualquier cosa. Por ejemplo... ¿qué tal algunos recuerdos tuyos de cuando eras niña?

Ante tan inesperada petición, comencé a darle vueltas a la cabeza pensando si habría alguna historia de entonces adecuada para contarle en un momento como este. De ser posible algo cómico, algo que la hiciera reír. Algo que le hiciera olvidar, aunque fuera por unos momentos, el dolor de su cuerpo.

—Ahora que lo dices, recuerdo que una sola vez, mucho antes de que os casarais, el tío Satoru me llevó a las fiestas de verano.

—¿Sí? ¿Satoru?

—Como de costumbre, había ido con mi madre en verano a casa del abuelo, y la última noche comenzó a oírse en el vecindario la música de los tambores que llegaba de algún lugar lejano. Entonces empecé a ponerme pesada diciendo que quería ir a las fiestas fuera como fuere. Mi madre me decía «mañana por la mañana tenemos que tomar el avión de vuelta, así que hoy hay que acostarse pronto». Pero como a mí me gustaba mucho estar con el tío, me entristecía que nos tuviéramos que marchar a la mañana siguiente. Entonces, conseguí que mi tío me llevara a ver las fiestas. Por supuesto que él también tenía muchas ganas de ir. Al final, cuando llegamos al lugar de la celebración, ya casi había terminado, pero yo estaba más que satisfecha solo con haber podido ir y me sentía muy feliz. Como no pudimos comprar nada en los puestos ambulantes porque ya estaban cerrando, el tío me compró un helado en una tienda 24 horas de las cercanías y nos volvimos los dos por el desangelado camino.

Mientras desgranaba mi relato recordaba difusamente la luz de las lamparillas de papel del festival, el bullicio de la gente que se marchaba y hasta la calidez que todavía conservaba el aire tras las muchas horas de sol. Era una escena que tenía olvidada desde hacía mucho tiempo, pero ahora se me aparecía como un recuerdo muy valioso.

—Bueno, y eso es todo. Lo siento. Me hubiera gustado recordar alguna historia más interesante.

Al oír mis disculpas, la tía Momoko negó con la cabeza mientras seguía con la vista en el techo.

—Más o menos me imagino la escena. Debió de ser una bonita experiencia. Me hubiera gustado estar allí. Que hubiéramos ido los tres niños juntos a esas fiestas...

—¿Pero qué dices? Si ya te he explicado que cuando llegamos estaban recogiendo...

—Aun así, creo que es una historia que os retrata muy bien.

Como Momoko se rio al decir eso, yo también me reí. O, mejor dicho, creí haberme reído, pero me di cuenta de que algo frío comenzaba a gotear sobre el dorso de mi mano. Antes de poder evitarlo, parecía como si estuviera lloviendo. *No debo hacerlo*, pensé. Pero ya era tarde.

Había tomado la decisión de no llorar nunca delante de Momoko. Me parecía algo vergonzoso y egoísta mostrarle mis lágrimas a quien más estaba sufriendo de todos. Por eso concluí que no debía llorar y sin embargo esa tarde no pude contenerme. Y una vez que bajas la guardia, ya no puedes volver atrás. Aquel remolino de aire caliente que se agitaba en mi pecho buscando una salida había terminado por desbordarse.

—Perdóname.

Le pedí disculpas mientras intentaba denodadamente frenar mis lágrimas. Pero cuando una emoción encuentra su vía de escape no puede frenarse mediante la razón, por lo que, ignorando mi voluntad, las lágrimas continuaban fluyendo.

—Perdóname, perdóname.

Cabizbaja, repetía una y otra vez las mismas palabras. La tía Momoko alargó una mano y me acarició el pelo como si quisiera abrazarme la cabeza, atrayéndome hacia ella.

—No pasa nada —me susurró al oído. No me pidas perdón.

—Pero... es que lo siento mucho.

—Takako-chan, no me pidas perdón. ¿Vale?

Asentí con un movimiento de cabeza sin hacer nada por enjugarme las lágrimas. Momoko me dio un débil pellizco en la mejilla. La punta de sus dedos estaba muy fría. Tomé entre las mías su pálida y fría mano y la estreché con fuerza. Qué pequeña era aquella mano... Momoko siempre había tenido unas manos menudas, como las de una niña. Pero ahora me parecían mucho, muchísimo más pequeñas. Ahora que tenía una de sus manos entre las mías, sentía todavía más su pequeñez y me parecía igual que un puñado de nieve tenue que fuese a derretirse de un momento a otro.

—Gracias por llorar por mí. Cuando estés triste, no tienes por qué aguantarte. Llora todo lo que quieras. En toda la vida que te queda por delante te encontrarás con otros muchos momentos tristes. Andan por ahí, rondando por doquier. Así que no intentes huir de la tristeza y, cuando te veas en un momento como esos, llora todo lo que sea y sigue adelante acompañada de tu pena. La vida consiste en eso.

Asentí con un sonido nasal mientras seguía con la mano de Momoko entre las mías. Todavía flotaba levemente en la habitación el olor de las flores de osmanto y pude percibirlo entre sollozo y sollozo.

—Mira, Takako-chan, yo no me arrepiento de nada. Estoy muy contenta de haber encontrado a alguien como Satoru, de poder pasar mis últimos momentos junto a él y poder tener tiempo de despedirme de él. Y encima, he podido tener una relación tan cordial contigo. Si exigiera más de la vida, merecería un castigo del cielo.

Ahora lo entendía. Momoko había vuelto junto a mi tío porque quería despedirse de él. Quizás el motivo por el que Momoko había continuado comportándose de la misma manera a pesar de saber que se le había reproducido el cáncer era que ya había conseguido satisfacer todo aquello que deseaba. Por eso también, incluso una vez hospitalizada, mostraba consideración hacia todo el mundo y adoptaba una actitud resuelta. Verdaderamente, no debía estar arrepentida de nada.

No obstante, después de haberme dicho todo aquello, la tía Momoko continuó hablando.

—Pero, verás, hay una sola cosa después de que muera que me preocupa sin remedio.

No me esperaba algo así.

—Después de todas las molestias que te he causado, me sabe mal decirte ahora esto, pero ¿verdad que me dejarás que te pida un último favor?

—¿Un favor?

Alcé el rostro que tenía ya hecho un desastre después de tantas lágrimas y de tanta agüita de la nariz que había soltado, y me quedé mirándola. Me devolvía la mirada con fijeza, transmitiendo una fuerte determinación.

—Eso es. Verás, desde que tu tío tuvo conocimiento del rebrote de mi cáncer no me ha mostrado ni una sola vez su rostro entristecido. Sonríe con cara de que siempre puede hacerse cargo de todo él solo. Pero sé hasta un punto doloroso lo triste que se siente por el hecho de que yo me encuentre así. Aunque él de ningún modo lo va a reconocer. Lo que a mí me preocupa es que ese hombre, incluso después de estar yo muerta, sea incapaz de llorar ni de buscar la compasión de otras personas y tenga que vivir hasta el final cargando en soledad con esa enorme tristeza. Porque es un hombre muy generoso pero muy torpe.

—Así es.

En mi mente flotó la angustiada sonrisa que veía últimamente en el rostro de mi tío y sentí como si me estrujaran el corazón.

—Por eso, si después de que yo muera, Satoru continúa sin poder llorar, me gustaría que estuvieras a su lado todo el tiempo posible. No hemos podido tener hijos y no se me ocurre otra persona que no seas tú a quien le pueda pedir esto. Si Satoru sigue encerrado en su caparazón, regáñale por favor. Y hazle llorar. No hay nada que desee más que ese hombre consiga salir adelante.

Momoko apretó mi mano con fuerza. Debió de sentir dolor en alguna parte del cuerpo, porque su gesto se torció levemente.

—Perdona que te pida estas cosas...

—Te prometo que lo haré —le contesté mirándole a los ojos para que viera que me había tomado en serio su petición.

—Gracias. Me has quitado un peso de encima.

Con esto, por fin su expresión se relajó y sonrió. Me brindó una sonrisa tan franca, que realmente debía sentirse muy tranquilizada por mis palabras. Después, tomó un pañuelo y me limpió el rostro embadurnado por el llanto. Como si fuera una niña en manos de su madre, me quedé quieta con los ojos cerrados mientras me aseaba, dejándola hacer hasta que se sintiera satisfecha. Mucho, mucho tiempo.

Aquella era, verdaderamente, una tarde muy tranquila. Lo único que se movía eran las cortinas color crema ondulando con la suave brisa.

La tía Momoko falleció tres días después, a primera hora de la mañana.

Capítulo quince

El funeral tuvo lugar en casa de mi tío.

Era un día soleado de octubre, que encajaba muy bien con el carácter de la tía. Los padres de Momoko habían fallecido cuando ella era muy joven, así que aparte de mis padres y yo, apenas vinieron otros parientes. A cambio, acudieron muchas personas del barrio de Jinbocho que habían tenido trato con ella. Clientes habituales de la librería, empezando por Sabu, el dueño del Subol y Takano-kun, el señor Nakasono y algunos clientes de su establecimiento, y la dueña del albergue de montaña donde trabajó en tiempos Momoko, junto con algunas empleadas. Por supuesto, también Tomo-chan y Wada. En concreto, Tomo-chan y la señora del albergue fueron las primeras en llegar y me estuvieron ayudando en los preparativos del velatorio para poder recibir a tanta gente, lo que nos alivió mucho a mi madre y a mí, que no dábamos abasto.

Nos llevamos una profunda alegría al comprobar el gran número de gente que la quería y la echaba de menos. Todos compartiendo el sentimiento de despedirse de ella sin deprimirse, como le hubiera gustado. Aquella Momoko que hasta el último momento mostraba su fortaleza y sonreía tan luminosa como una flor... Sería una equivocación despedirnos de una persona así con semblantes tristes y entre lloriqueos. Era un sentimiento que todos compartíamos.

Por eso, pasamos el velatorio sentados en torno al ataúd de Momoko, charlando animadamente y riendo. Sabu, que se emborrachó a gusto, dijo que había prometido exhibir ante Momoko sus habilidades recitando versos clásicos y que, como no pudo hacerlo en vida de ella, lo haría ahora. Así que nos tuvo media hora escuchándole, y como aquello parecía no acabar nunca, al final su esposa se enfadó en serio y le cortó gritando «ya está bien, no me hagas pasar más vergüenza».

Una mujer, pariente lejana de la tía Momoko, se mantenía con expresión agria, como si le pareciera indecente que todos nos comportásemos con aire de fiesta, pero estaba malinterpretando la situación. Por supuesto que estábamos tristes, como debe ser. Simplemente expresábamos esa tristeza de la manera en que le hubiera gustado a Momoko.

Creo que fue un buen funeral, de los que se quedan grabados en el corazón. Todavía hoy estoy convencida de que a Momoko también le alegró que transcurriera así. Lo cierto es que el rostro que lucía Momoko en su féretro expresaba una paz absoluta y transmitía muy bien la luminosidad de su carácter. Todos hacíamos comentarios del tipo «qué buen aspecto tiene Momoko-san», «parece como si se estuviera divirtiendo con nosotros» o «seguro que así es».

Sin embargo, había una única cosa que me preocupaba. El tío Satoru. Durante el funeral, apenas pronunció palabra. Tampoco tocó en ningún momento la comida ni el alcohol y se limitaba a saludar con una cortés reverencia cada vez que llegaba un nuevo asistente o, con modos muy formales, se movía entre la gente dando las gracias una y otra vez. Incluso cuando cerraron el ataúd de Momoko para incinerarla, mientras que Sabu o los dueños de los establecimientos se enjugaban discretamente unas lágrimas, él permanecía en pie a su lado sin mover un músculo y con la vista perdida en las alturas. Cualquiera diría que estaba contemplando algún punto lejano del firmamento.

Si en aquel momento mi tío hubiera llorado o hubiera mostrado algún tipo de desesperación, estábamos preparados para ofrecerle nuestro calor. A decir verdad, deseaba que Satoru así lo hiciera y que se dejara consolar por nosotros. Quería que nos entristeciéramos juntos y, de ser posible, compartir unas palabras de consuelo. Pero mi tío no hizo el menor ademán de mostrar a nadie un momento de debilidad.

Lógicamente, el último que se quedó a solas mirando el rostro de Momoko fue mi tío. No sabemos qué expresión tendría entonces, ni qué pensaría ni si le dirigió algunas palabras. Pero, en lo que respectaba al desarrollo del funeral, tal y como se temía la tía Momoko, la impresión que me dio fue que había evitado en todo momento expresar sus sentimientos.

❦

—He pensado tomar un descanso y cerrar por unos días la librería.

Fue unos pocos días después del funeral cuando el tío me anunció su decisión. Como me preocupaba su estado emocional, ese día me había pasado por la librería Morisaki al salir del trabajo. Pero, a pesar de que todavía estaba dentro del horario de apertura, tenía bajada la persiana metálica. Preocupada, llamé por el teléfono móvil a casa de mi tío y, tras hacer sonar un buen rato el teléfono, por fin me respondió la llamada. Ante mi pregunta, contestó con voz tremendamente agotada «he decidido descansar un poco».

Por una parte me desconcertó, pero por otra pensé: *Ya me imaginaba que haría algo así.* Había tenido el leve presentimiento de que mi tío diría algo así antes de que pasara mucho tiempo.

—¿Te sientes mal? —le pregunté.

—No, no es por eso —replicó sin energías.

—¿Estás comiendo como es debido? ¿Me acerco a prepararte alguna cosa?

—No te preocupes. Solo estoy un poco cansado. Bueno, hasta otra...

Me cortó allí la comunicación. Como había visto de sobra lo mucho que se había debilitado mi tío en este último mes, no podía estar más de acuerdo con que se tomara un buen descanso. Sí, un descanso para reparar fuerzas y recobrar su ánimo, que le permitiera reabrir la librería con las mismas energías de antes. Ese era mi deseo. Porque resultaba evidente que eso sería también lo mejor para mi tío.

Sin embargo, daba por sentado que se trataría de unos días o, como mucho, una semana. Pero, por más días que pasaban, la persiana metálica de la librería Morisaki permanecía firmemente cerrada y no tenía visos de volver a abrirse. Un buen día reparé en un papel blanco pegado en mitad de la persiana y escrito a mano, que rezaba: CERRADO TEMPORALMENTE. Pero cuando lo vi ya debían haber pasado varios días, porque estaba muy maltratado por la lluvia y el viento y daba la impresión de que iba a despegarse de un momento a otro.

—Pero ¿cuándo va a reabrir la librería Satoru-san? —me preguntó entristecido Sabu, que antes pasaba por allí casi todos los días y se veía sin una de sus paradas favoritas—. Entiendo que debe de ser duro para él, pero me gustaría que volviese a abrir. Nosotros, los clientes regulares, aunque no sea gran cosa, creo que un poco sí que podríamos ayudarle. Pero, si no viene, no hay manera de darle consuelo.

Sabu terminó su llamada de teléfono diciéndome que si veía a mi tío le transmitiera todo eso.

Sí, cierto. Hay gente que está esperando con ganas que la librería reabra. Por fuerza mi tío tiene que ser consciente de ello, y sin embargo...

Los días pasaban uno tras otro y la persiana seguía bajada. El cierre duraba ya un mes. Y por lo visto, prácticamente lo único que hizo mi tío durante ese tiempo fue encerrarse en casa. Un hombre como ese que, en vida de la tía Momoko, ya podía tratarse de la situación que fuera, que siempre abría su librería con una tozudez inigualable... ¿Será que toda esa rigidez que había mantenido hasta ahora había terminado por estallar y deshacerse de golpe?

Me dirigí a la casa de mi tío en Kunitachi para ver cómo se encontraba. Por teléfono insistía en que comía normalmente, pero como aquella voz siempre sonaba carente de fuerzas, decidí hacer unas compras de camino en el supermercado y prepararle algo que le sentara bien.

Era un supermercado grande, delante de la estación, al que había ido muchas veces con la tía Momoko. A ella le gustaba porque en determinadas franjas horarias hacían ofertas y era más barato que el resto de los establecimientos. Cuando íbamos juntas, a veces empujaba el carro vacío con todo su cuerpo y se deslizaba por los pasillos a buena velocidad, haciéndome reír. Desde que murió, siempre surge alguna ocasión inesperada en que me acuerdo de esos detalles insignificantes de los momentos que pasamos juntas. Y cuando lo hago, enseguida siento como si me abrieran un boquete en el corazón.

La sensación de haber perdido algo de suma importancia... la experimentaba en todo tipo de lugares, bajo todo tipo de formas...

Terminé de comprar y me adentré en la calle de viviendas con una bolsa del supermercado en cada mano, en dirección a la casa de mi tío. El cielo estaba teñido de un rojo intenso por el atardecer y vi varias libélulas volando cerca de mí. Una de ellas revoloteó tan cerca que pareció a punto de posarse en mi hombro, pero luego se elevó de nuevo hacia las alturas. Mientras caminaba, me entraron ganas de echarme a llorar. Apreté el paso para poder llegar cuanto antes.

A pesar de que le había avisado de que iría hoy al anochecer, por más que llamaba al timbre de la puerta no salía a recibirme. La llave no estaba echada. Entré sin más y yendo hasta la escalera que subía al segundo piso, comencé a llamarle a gritos. Desde arriba me llegó la voz de mi tío con un sencillo «sí».

En primer lugar, me paré frente al altarcillo funerario de Momoko instalado en la sala del té y junté las manos en un rezo. La foto de recuerdo que estaba colocada al lado la hizo un cliente regular de la tienda, amante de la fotografía, hacía unos seis meses. Aparecía la tía Momoko sonriente, con la librería Morisaki detrás. Era una fotografía tan encantadora que solo con mirarla ya se sentía una más animada.

Después, subí las escaleras, llamé con los nudillos a la habitación de mi tío y abrí la puerta. El tío Satoru, a pesar de que ya se estaba poniendo el sol, estaba vestido con su pijama de dos piezas y acostado en el futón. Tenía todo el pelo revuelto y la barba sin afeitar desde hacía muchos días, por lo que parecía uno de esos bandidos que salen en los tebeos. Viendo el aspecto tan lamentable que mostraba, no pude contener un grito.

—¡Tío!

Giró hacia mí unos ojos de mirada vacua y, como bromeando, saludó con «hey». ¿Sería que últimamente pasaba todos los días así? La habitación estaba llena de bolsas vacías de patatas fritas y bandejitas de comida de las tiendas 24 horas, desperdigadas por el suelo.

—¿Qué haces?

—Estaba durmiendo.

Sacó las manos de debajo del futón y me hizo el doble gesto de la paz.

—¡Qué paz ni qué tonterías!

Le arranqué la manta de un tirón y él se hizo un ovillo como si fuera una cochinilla de agua. Sin hacer caso de sus protestas, abrí de par en par las cortinas.

—No hagas eso. Si me da la luz, me convertiré en cenizas.

—Idiota.

Me di cuenta de que hablaba como lloriqueando. Curiosamente, eso me tranquilizó. Demostraba que estaba vivo, que sentía.

No era que pensara que mi tío fuese a morir para seguir los pasos de Momoko. Pero el tío Satoru había llevado tan al extremo su actitud de cargar él solo con todo lo relativo a la muerte de Momoko, que últimamente comenzaba a verle como una presencia lejana. Por eso ahora, aunque se hiciera un ovillo como una cochinilla de agua, me alegraba ver que estaba vivo y respondía a las emociones.

—Perdóname, Takako-chan.

Mi tío, quizá por haber comprendido cómo me sentía, se incorporó y se sentó en el futón con aire avergonzado. Después, se puso unas gafas llenas de suciedad y me miró como esperando a ver cuál era mi reacción.

—Bueno, ya vale. Voy a preparar algo de cena, así que vamos a comer juntos, ¿eh? No estás comiendo como es debido, parece.

—Sí, lo siento —admitió mi tío dócilmente.

Me fui a la cocina y preparé curry, uno de sus platos preferidos. Por supuesto, de la marca que le gustaba, Vermont, y del tipo que no lleva picante. La cocina estaba muy limpia, señal de que no la había utilizado nunca.

Llevé a la sala del té los platos con el curry, ensalada y sopa de huevo, tras lo cual llamé a mi tío. Le sugerí que antes de comer por lo menos se lavara la cara y se afeitara y, manso como un corderito, fue hacia el lavabo. Como también tenía el pijama bastante sucio, le dije que se cambiara; subió al segundo piso, y luego bajó con otro del mismo color y la misma forma, pero limpio.

A pesar de todo, cuando entró en la salita, no pude evitar un grito de sorpresa. Tenía los labios rojos por la sangre.

—¿Eh? ¿Qué pasa? —me preguntó boquiabierto.

Y continuó acercándose, lo cual me hizo gritar de nuevo.

—¡Sangre! ¡Sangre!

—Ah, es que llevaba tanto tiempo sin afeitarme que por lo visto me he hecho varios cortes —dijo distraídamente mientras tomaba unas servilletas de papel para limpiarse los labios.

Al mirar la cantidad de sangre que manchaba las servilletas, añadió con voz de idiota:

—Uy, pues es verdad. No sabía que fuera para tanto.

—Qué uy, ni qué… Tienes que mirarte bien al espejo mientras te afeitas.

—Es que no quiero mirarme, porque sé que tengo un aspecto horrible…

Vaya, por lo menos era consciente de que tenía un aspecto horrible. En cualquier caso, este hombre resultaba imprevisible incluso en situaciones así, por lo que no podía una descuidarse.

Por fin, conseguimos sentarnos a la mesa. Mi tío continuaba con la mirada vacua y el rostro inexpresivo, llevándose el curry a la boca de manera mecánica. No había el menor ambiente de estar cenando juntos. Aun así, por fuerza tenía que sentarle mejor que no comer nada.

—Sabu y los demás están muy preocupados. Dicen que tienen muchas ganas de verte otra vez abriendo la librería.

Le transmití las palabras de Sabu y compañía mientras me comía aquel curry que para mi gusto era demasiado suave.

—Ah, ¿sí? Vaya, lo siento mucho...

—Todo el mundo te está esperando.

—Ya...

—En adelante, yo también te echaré una mano. ¿Vamos juntos un día?

—Bueno, lo pensaré.

Mi tío se limitaba a encadenar una palabra tras otra sin poner emoción alguna. Después dijo «lo siento, ya estoy lleno», y dejó la cuchara a un lado. No había comido ni la mitad. Todavía estaba muy débil. Pero resultaba evidente que no podía seguir así. Le hice una promesa a la tía Momoko. Que ayudaría al tío a salir adelante. Pero cuando me ponía a pensar qué podía hacer en concreto, no llegaba a ninguna conclusión. Podía cocinar para él, encargarme de lavar la ropa o darle conversación, poco más. Si por lo menos abriese la librería, le podría ayudar de más formas.

—Escucha, tío —le dije con tono preocupado.

—¿Sí?

—No pensarás dejar cerrada la librería definitivamente, ¿no? Por supuesto que me parece muy importante que descanses. Pero ahora se trata solo de eso, ¿verdad? De una pausa.

El tío Satoru alzó el rostro como sorprendido ante mis palabras. Sin embargo, enseguida volvió a su expresión sombría y a mirar hacia abajo.

—No lo sé…

—Tío…

—De verdad que no lo sé. No es que haya perdido las ganas de seguir con la librería. Y sé perfectamente que hay clientes esperando a que abra otra vez. Pero me resulta muy duro. Comencé a trabajar en esa librería junto con Momoko. Aun después de que ella se marchara, pude seguir yo solo porque sabía que, en algún lugar lejano bajo el cielo, continuaba con vida. Quería conservar un sitio al que ella pudiera volver cuando estuviera cansada, o herida, o le pasara algo. Fue gracias a ese estado de ánimo.

Mientras decía estas cosas, la expresión de mi tío fue cobrando cada vez mayor rigidez. A veces aparecía un gesto de sufrimiento.

—Pero ahora estar allí se me hace muy duro. Hay demasiados recuerdos entre aquellas paredes. Todos esos recuerdos me hablan sin cesar de la muerte de Momoko. No quiero avanzar en el tiempo. Si avanzo, Momoko se alejará cada vez más de mí.

El tío Satoru tenía ahora la mirada clavada en el reloj de pared que había en la viga del rincón más allá de donde yo me sentaba. Era un reloj que seguía en activo desde los tiempos del abuelo y que hacía un pequeño chasquido según marcaba con precisión los minutos. El tío parecía decidido a detener incluso las agujas de aquel reloj. Pero no podía permitir que hiciera algo semejante. Comencé a hablarle muy despacio.

—Comprendo cómo te sientes. Por lo menos, creo que comprendo un poco. Porque yo también quería mucho a la tía Momoko. Pero estás equivocado y tú lo sabes, ¿verdad? Nosotros aún estamos vivos y el tiempo no se detiene. Por eso, aunque nos cueste levantar los pies, tenemos que seguir avanzando paso a paso.

Sentí que se me hacía un nudo en el corazón, pero continué hablando.

—Aunque eso signifique tener que ir dejando atrás a los que ya no están.

—Takako-chan…

Por más que intentaba hablar a mi tío mirándole a los ojos, él apartaba la vista. Pero, sin importarme su actitud, no dejé de hablar.

—Me parece que no lo entiendes. Me has enseñado muchas cosas a lo largo de los años y me has dicho muchas cosas importantes. Por eso ahora, aunque tenga la cabeza un poco revuelta, he escogido unas palabras que deseo que lleguen a tu corazón. No son frases que me hayas enseñado tú, sino que las he pensado por mí misma. Me he dado cuenta de lo importante que es tratar con la gente usando tus propias palabras.

Mi tío, sin dar muestras de si estaba escuchando o no, tenía ahora los ojos cerrados. Pero al final, como si hubiera dado todo por imposible, murmuró con voz lúgubre:

—Sí, es verdad. No entiendo nada. Pero está bien así.

Después de aquello, la librería Morisaki siguió sin abrir.

Lo único que podía añadir yo a lo ya hecho era ir allí y mantenerla limpia. Si dejaba todos aquellos libros antiguos por largo tiempo en un espacio cerrado donde no corriese el aire, terminarían por llenarse de moho y convertirse en un material invendible. Quería mantener la librería en condiciones para cuando mi tío cambiase de opinión y decidiese reabrirla. Sin duda, eso era lo que hubiera deseado también Momoko.

Un día, a la salida del trabajo, utilicé la llave que conservaba desde los tiempos en que vivía allí, y entré por la puerta de servicio. Por culpa de haber pasado más de un mes desatendida, el aire en el interior de la librería estaba cargado y con un fuerte olor a moho que se extendía por doquier. Buscando a tientas en la oscuridad, encontré el interruptor y, al pulsarlo, los fluorescentes del techo comenzaron a parpadear con un débil chasquido. Entonces, el interior de la librería se iluminó y, debido al polvo acumulado, estornudé. El sonido retumbó por todo el recinto.

Comencé por abrir las ventanas al máximo para ventilar. Después, dedicándole un buen tiempo, barrí el suelo y limpié el polvo de las estanterías. Bajo la intensa luz blanca de los fluorescentes, la librería parecía aun más carente de vida, exactamente igual que si se tratara de un almacén subterráneo. Bastaba estar allí para que poco a poco se fuera calando en el cuerpo una sensación de soledad. Hasta el cojín *jirō*, tanto tiempo desatendido por su dueño, tenía un aire tristón.

Este lugar tan querido por mi tío y tan importante para muchas personas se hallaba ahora en estado de total abandono y nadie lo necesitaba. Qué sensación tan dolorosa...

Subí al segundo piso y, con una regadera, regué las plantas que tenía la tía Momoko junto a la ventana. Llevaban tanto tiempo sin agua que estaban todas medio resecas e inclinadas hacia abajo, como avergonzadas. Murmuré un «perdona» mientras iba empapando en abundancia cada una de ellas.

Salí de la librería pasadas las nueve. El aire de la noche era seco y un frío viento parecía aguijonear la piel. Me encogí en un acto reflejo. Me sorprendí al ver lo intensamente blanco que se volvía mi aliento recortado contra la oscuridad. El invierno había vuelto.

Las personas van desapareciendo de este mundo, pero las estaciones vuelven una y otra vez, incansables. Por obvio que resulte, en momentos como este no deja de parecerme una terrible injusticia.

Me giré hacia la librería y, tras murmurar mentalmente «hasta pronto, volveré sin falta», me alejé del lugar.

✑

—Creo que estás haciendo una labor admirable —me elogiaba Wada al teléfono.

Últimamente, también yo ando un tanto alicaída. Me sabe mal por él, pero enseguida busco consuelo en Wada.

—Pero, por más que le hablo, no sirve de nada. Ya no sé qué hacer…

Realmente, ¿qué más podía hacer para que, tal y como deseaba la tía Momoko, mi tío saliera adelante?

—Hay que comprenderlo. El señor Morisaki ha perdido a la persona más importante para él. Supongo que no es comparable, pero si sucediera algo y no pudiera volver a verte, seguramente yo mismo mandaría todo a la porra.

Oyendo a Wada, me imaginé también la situación contraria. Bastó un segundo de mi imaginación para que sintiera como si un oscuro velo cayera sobre mis ojos. Sí, yo también estaba muy triste por la muerte de Momoko, pero no debía llegar ni a una ínfima parte de la tristeza que embargaba al tío Satoru. Me arrepentí de haberle dicho aquel día en su casa que yo también comprendía un poco cómo se sentía. Menuda arrogancia... Para él, la existencia de Momoko debía de ser igual que la de Kazue para Oda Sakunosuke.

—Para mi tío, la librería debía ser, además, el símbolo de los días que pasó junto a Momoko.

En la librería Morisaki hay demasiados recuerdos. Recordé el rostro de mi tío cuando dijo aquello. Tristes y alegres, que fueron acumulándose allí a lo largo de veinte años como los estratos de un terreno.

—Probablemente todavía le resulte muy duro incluso intentar recordar aquellos días —siguió Wada. Pero seguro que algún día, precisamente porque hay allí tantos recuerdos acumulados, se dará cuenta de que la librería es un lugar importante. Creo que lo mejor es que confíes en ello y le esperes hasta entonces.

—Sí, es lo único que puedo hacer.

En adelante, buscaba tiempo para acudir cada tres o cuatro días a la librería y dedicarme con afán a su mantenimiento. Con todo, aparte de ventilar, limpiar y verificar que los libros no se enmohecieran, poco más podía hacer. Pero aunque fuera solo eso, bastaba para que, si un día se decidía a abrir la librería, pudiera hacerlo sin más dilación.

Decidimos que una de esas noches Tomo-chan se reuniría conmigo en la librería. A decir verdad, cuando estaba sola de noche en el local, también yo empezaba a acordarme de muchas cosas y a veces lo pasaba muy mal. Por eso, era muy de agradecer que ella viniese a acompañarme.

Siendo dos, la limpieza se terminó en menos de media hora. Tomo-chan, muy animada, propuso que ordenásemos también los volúmenes del segundo piso, pero si nos poníamos a ello corríamos el peligro de perder el último tren, así que lo rechacé diciendo que lo dejásemos para la próxima vez.

Sea como fuere, tanto en el funeral de la tía Momoko como en estas cosas, de un tiempo a esta parte Tomoko me ayuda mucho. Realmente le estoy muy agradecida.

Como era una buena ocasión para ello, aproveché para darle las gracias una vez más por todo lo que hacía. Pero Tomo-chan me contestó con su habitual modestia:

—No hay de qué. Si lo que yo hago no es gran cosa...

—Pero alguna molestia sí que te supone —insistí.

—Cuando vuelva a casa de mis padres para las fiestas de finales de año, he pensado verme con aquel chico que fue novio de mi hermana —dijo de pronto Tomoko.

—¿Eh? ¿Ah, sí?

—Sí. Como parece que siempre pregunta por mí, me gustaría disculparme correctamente por estar siempre esquivándolo. Quizá suene un poco exagerado hablar de «cerrar el asunto» pero, en cualquier caso, creo que haciéndolo así me será más fácil mirar hacia adelante.

—Ya entiendo. Sí, sin duda es mucho mejor así.

Me alegraba mucho de que Tomo-chan pensara de esa manera y no podía sentirme más de acuerdo con ella.

—Ha sido gracias a ti y a Takano-kun que he conseguido cambiar mi forma de ver las cosas.

Entonces me apresuré a contestarle:

—No, no, si yo no he hecho nada.

Tomo-chan dejó escapar una risita.

—¿Ves? Dices lo mismo que yo. Por eso, estamos a la par. Yo no hago lo que hago porque desee agradecimiento, ni tú tampoco. Así funcionan las cosas.

∽

Llegaron los primeros días de diciembre y la rutilante iluminación propia de la época se extendía por la ciudad.

Cierta noche, siguiendo la costumbre, me pasé por la librería Morisaki para ventilar y limpiar un poco. Entonces, cuando terminé las tareas habituales y ya era hora de marcharse, de pronto perdí las ganas de hacerlo. De alguna manera, sentí que me costaba abandonar el lugar. Pensé que me gustaría quedarme un rato más. Entonces, me senté en la silla de detrás del mostrador. Sin ningún motivo concreto, me quedé allí divagando distraídamente. Había encendido la calefacción pero, como hasta hacía un rato las ventanas habían estado abiertas, hacía casi tanto frío dentro como fuera. Frotándome las manos, deseé que el recinto se calentara cuanto antes.

Miré el reloj de la pared y vi que ya casi marcaba las diez. Pensé que debería de marcharme enseguida pero, por el contrario, mi cuerpo no hacía nada por moverse. Al otro lado de la ventana se oía cierto bullicio de un grupito de gente que pasaba por la calle, quizá de vuelta de alguna fiesta de despedida del año.

Entonces, imprevistamente, mis ojos se posaron en un cuaderno de anotaciones guardado debajo del mostrador. Bueno, era un cuaderno de anotaciones, sí, pero tratándose de una librería como esta, no se apuntaba gran cosa en él. El título de los libros vendidos y el precio cobrado, poco más. El que solía usar mi tío tenía cubiertas de cuero y era más grueso, además de estar muy desgastado por el uso. En cambio, este era finito y comparativamente nuevo. Pensando qué podría ser aquel cuaderno que parecía medio escondido allí, lo saqué para echarle una ojeada.

—¡Ah...!

No pude evitar una exclamación de sorpresa al abrirlo. Tenía un buen número de páginas escritas con letra apretada. Era la letra de la tía Momoko. Parecía un diario o, mejor dicho, una serie de anotaciones relativas a lo que sucedía en la librería, haciendo constar también cosas como la fecha o el clima. Comenzaba unos días después de que ella regresara de repente a la librería y se instalara a vivir en el segundo piso.

«Hoy ha habido buena venta de libros y Satoru está contento».

«Ha venido Kurata-san y ha pedido que le guardásemos un libro de Mori Ogai que llevaba tiempo buscando».

«¡Acordarse de ordenar los libros de la mesita de fuera!».

«Por culpa de la lluvia, cero ventas hasta el mediodía. Triste».

«Parece que hoy le pasa algo a Takako. Me preocupa».

Después de leer las primeras páginas, cerré el cuaderno de golpe. Ahí se conservaba nítidamente una parte de los pensamientos de Momoko. Estaban grabados los días que había pasado con mi tío o conmigo. El texto no era ninguna obra maestra ni los recuerdos póstumos de un literato. Pero era muy importante para personas como nosotros.

Pensé que mi tío tenía que leerlo cuanto antes. Me levanté a toda velocidad de la silla y salí disparada hacia la puerta trasera, que abrí con gran impulso e intención de precipitarme hacia el exterior. Y entonces casi me di de bruces con él, que por algún motivo estaba allí de pie, con un jadeo que le hacía temblar los hombros. Me miró con cara de sorpresa. Pero al instante su expresión cambió a su habitual aire desanimado.

—Así que eras tú... —murmuró el tío Satoru sonriendo sin fuerzas. Sentí que me apetecía dar un paseo por la zona de las librerías de segunda mano y entonces vi que la luz estaba encendida...

Al contemplar su expresión, no me hizo falta escuchar el resto. Mi tío había sufrido la ilusión de que quizá Momoko se encontrara en la librería. Aunque la razón le estuviera diciendo que eso era imposible. Pero yo, a mi vez, me llevé una enorme sorpresa que me dejó sin palabras al ver aparecer a mi tío allí.

—¿Takako-chan?

Me miró con expresión de no entender nada.

¿Cómo podía producirse una ocasión tan propicia? No pude sino pensar que una fuerza invisible había trabajado para ello, que había sucedido algo misterioso e inexplicable. Había encontrado las notas de Momoko-san y al momento pensé que tenía que enseñárselas a mi tío cuanto antes. Y ahora me veía con el propio interesado ante mí...

Sin conseguir todavía recuperar mi ánimo por completo, saqué el cuaderno de notas y se lo mostré.

—Mira, este es el cuaderno en el que escribía Momoko.

—¿Sí? ¿Momoko?

El tío Satoru se quedó unos momentos mirando de hito en hito el cuaderno que yo sostenía y, finalmente, alargó la mano hacia él.

—¿Te importa que me siente?

Entró en la librería, mi tío se sentó encima de su cojín especial y comenzó a pasar lentamente las páginas del cuaderno.

Entonces, después de seguir con la vista línea tras línea, murmuró con una sonrisa:

—No tenía ni idea de que esa mujer anduviera escribiendo unas notas así...

—¿Verdad? Ni yo.

Por fin la estufa había conseguido calentar la librería y había una temperatura agradable. Mi tío, como si quisiera meterse dentro, continuaba con la cabeza inclinada sobre el cuaderno, leyendo página tras página. En el silencio reinante, se escuchaba el crujir del papel al pasar las páginas. Entonces, cuando ya me dirigía al segundo piso para buscar una tetera y preparar un poco de té, mi tío soltó una exclamación.

—¡Ah!

—¿Qué pasa?

Extrañada, miré desde un costado y entonces yo tampoco pude evitar un grito. En la última página había un largo texto encabezado por un «Para Satoru». También ponía la fecha, que era la de dos días antes de que Momoko se desmayara y se la llevaran en ambulancia.

—Pero esto...

Antes de que acabara de hablar, mi tío asintió en silencio sin apartar la vista del cuaderno. Sus manos temblaban un poco.

—¿Prefieres que salga un rato?

—No, está bien. Quédate aquí.

—De acuerdo.

Me quedé a su lado en silencio.

Mi tío dedicó un buen tiempo a leer aquel texto y después se quedó otro rato igual de largo mirando al techo. Entonces, se sentó en una postura más formal y volvió a leer el texto mucho más despacio todavía. Durante ese tiempo, me dediqué a pasear la vista por los anaqueles o a caminar lentamente entre los pasillos que formaban las estanterías, hasta que una vez que pasé a su lado mi tío me sorprendió al extender hacia mí el cuaderno sin mediar palabra.

—No, esa carta no es para mí.

—Es igual. Quiero que la leas tú también.

El tío me miraba fijamente y continuaba extendiendo el cuaderno hacia mí, invitándome a leerlo. Estuve dudando un rato, pero al final me decidí a aceptarlo.

Para Satoru

No sé cuándo encontrarás este cuaderno. Si para entonces ya estás completamente recuperado y vuelves a trabajar como antes, no habrá ninguna necesidad de que te molestes en leer mi carta. Si se da ese caso, suénate las narices con el papel y luego tíralo, por favor.

Pensé en dejar un testamento, pero si lo hubiera hecho, lo habrías leído enseguida. Entonces, me pareció que eso no tendría ningún sentido y preferí escribir estas palabras aquí. Léelo pues como si fuera mi testamento.

Por desgracia, no me ha sido posible vivir más tiempo que tú. Supongo que es una voluntad superior quien decide estas cosas... Lo siento mucho, pero tendré que ser yo quien se marche primero.

Me resulta muy duro dejar solo a un quejica como tú. Si hasta cuando me pediste que fuera tu mujer lloriqueabas diciendo: «Puede que para ti sea posible vivir con otros hombres, pero yo no puedo vivir sin nadie que no seas tú». En aquella ocasión me reí y te contesté «qué pesado eres», pero en realidad estaba muy contenta. Creo que no podría encontrar en todo el mundo otro hombre capaz de decirme algo tan vergonzoso y a la vez tan encantador. Y la verdad es que tampoco yo podría vivir con otro hombre que no fueras tú.

Desde entonces pasamos muchos días agradables compartiendo dificultades y alegrías, ¿verdad? Pero, por culpa de mi conducta caprichosa, sé que te causé también muchos problemas. Aun así, viniste a despedirme cuando decidí marcharme. Y me pediste que volviera contigo. Tu amabilidad llega a un punto casi insoportable. Tan amable, que hasta el último momento sigues preocupándote por mí. Nunca dejas de hacerlo.

He decidido que en el tiempo que me quede hasta que muera, todos los días te daré una vez las gracias sin falta. Y creo que aun así no será suficiente para agradecerte todo lo que has hecho por mí. En cualquier caso, me alegraría mucho que comprendieras aunque fuera un poco lo agradecida que estoy.

Bueno, me está quedando un texto cada vez más incoherente. Creo que la palabra «incoherente» se escribe con estos ideogramas, ¿no? Pero aunque esté un poco mal escrita supongo que la entenderás.

En cualquier caso, lo que quiero que entiendas es que, al igual que para mí tu recuerdo es algo maravilloso, deseo que tu recuerdo mío se convierta en algo agradable y no en causa de tristeza. Si vas a vivir a partir de ahora todos tus días con la misma expresión de sufrimiento con que te vi en el hospital, que sepas por favor que no es ese mi deseo. Quiero que sonrías. Me gusta tu rostro cuando sonríes.

Tienes muchas personas a tu alrededor en las que apoyarte. Recuérdalo y acepta el cariño que te ofrecen. Y mi intención es pedirle un favor especial al respecto a la persona que más me gusta y en la que más confío de todas ellas.

Por último, una sola cosa más.

Por favor, sigue abriendo la librería Morisaki. Ese lugar es la prueba de que estuvimos juntos. Sé muy bien lo mucho que la amas, pero yo también siento ese mismo amor. Me hubiera gustado, aunque fuera un poco más, seguirte viendo trabajar en la librería. Porque cuando estás allí es cuando tienes un aspecto más admirable. Sé que es un deseo caprichoso por mi parte. Pero por lo menos me gustaría pedirte que siguieras saliendo adelante junto con la librería Morisaki.

Por favor, Satoru, encárgate de seguir protegiendo esa librería donde se amontonan los recuerdos nuestros y de tantas personas.

Morisaki Momoko

Qué tramposa la tía Momoko... Si tenía guardada esta última bala, ya podría habérmelo dicho. Seguramente tenía previsto que el tío Satoru pensara en cerrar la librería y dejó preparado este texto a modo de seguro contra el cierre. No había forma de saberlo pero, fuera como fuere, la carta rebosaba de cariño hacia Satoru y hacia la librería. Expresaba a la perfección los sentimientos de Momoko-san. Y hasta me llamaba «la persona que más me gusta».

Cuando le devolví el cuaderno a mi tío, esbozó una sonrisa amarga y dijo:

—Hay que ver con esta mujer... Takako-chan, ¿qué te pidió Momoko? ¿No te habrá causado algunas molestias?

—Vamos, tío, ya es suficiente.

Cuando le dije eso, mi tío abrió mucho los ojos como fingiendo sorpresa y sonrió.

—¿El qué?

—Que hagas lo que dijo la tía Momoko. Que quería que después de entristecerte a gusto, vivieras tirando hacia delante con esperanza.

—Es que, verás, Takako-chan, yo...

Sin dejar que terminase de replicarme, continué hablando.

—Yo no puedo hacer gran cosa por ti. No puedo hacer gran cosa, pero llorar contigo sí que puedo. Así que deja ya de sufrir a solas de esa manera.

El tío Satoru apretó con fuerza el cuaderno y se quedó mirándolo fijamente. Sin mover un músculo, durante largo rato. Entonces, sus labios comenzaron a temblar levemente y de pronto, como si fuera el aullido de una bestia, empezó a gritar. Como si estuviera expulsando todo el aire de su interior, continuó emitiendo una serie de gritos inarticulados. Me acerqué a él y le di masajes en aquella espalda ahora tan delgada, intentando que se calmara. Y, viéndole en aquel estado, las lágrimas afloraron de golpe.

—Cada vez que me veía aparecer en la habitación, esa mujer me decía «gracias». Por más que le pedía que dejara de decir eso, que me iba a volver tarumba, ella insistía. Hasta el último día...

Ya sin reparo alguno, nos pusimos ambos a llorar y berrear. Nuestros gritos sonaban al unísono. Mi tío se derrumbó de rodillas y se cubrió el rostro con las manos, y yo, a su lado, seguí masajeándole la espalda sin hacer caso de mis propios lagrimones que goteaban sobre el suelo.

En plena noche, nuestros gemidos y arcadas reverberaban en la vacía librería. Atravesaban todo el recinto, haciendo vibrar el aire.

Era como si toda la librería emitiera un lamento de condolencia por la muerte de Momoko. Como si se uniera a nuestra tristeza.

Continuamos llorando sin descanso.

Por más que llorábamos, las lágrimas no se acababan nunca.

El eco de nuestros llantos seguía llenando la librería.

Durante un largo e intenso tiempo, la noche nos envolvió en su afectuoso manto. A nosotros dos y a la librería.

∽

Inesperadamente, fue Wada quien, a la tarde siguiente, me dio a conocer que la librería había reabierto sus puertas.

—Tengo una buena noticia —dijo Wada al teléfono muy excitado, cosa rara en él—. Hoy he terminado pronto el trabajo y me he dado una vuelta por el barrio de las librerías de segunda mano. Y, sorpresa, he visto la luz encendida en la librería Morisaki.

Wada hablaba de forma atropellada.

—Ah, vaya…

Yo todavía seguía en la oficina, así que había salido un momento al pasillo para hablar. Exhalé un suspiro de alivio.

—¿Eh? No pareces muy contenta. ¿Lo sabías ya por boca del señor Morisaki o de Sabu?

—No, pero estaba segura de que abriría dentro de poco. Gracias por llamar, Akira.

Era muy propio del tío Satoru abrir desde el mismo día siguiente después de lo que pasó anoche. En cambio, a mí me dio un poco de vergüenza aparecer por la oficina con la cara abotargada después de llorar tanto la noche anterior.

—Ya entiendo. Bueno, en cualquier caso es una buena noticia. Me he alegrado tanto como si fuera cosa mía y por eso estaba tan excitado. Y es que, además, entré en la librería y el señor Morisaki incluso me ofreció un té diciendo «gracias por haber venido al funeral».

—¿Sí? ¿No me digas?

—Entonces, le conté que estaba escribiendo una novela ambientada en esa librería y me dijo que cuando la terminase se la llevase para que la leyera. Y que si era aburrida, me soltaría todo tipo de improperios.

—Pero ¿cómo dice eso? Menudo impertinente —le dije, atónita.

—No, si a mí me alegró. Me alegró muchísimo. Bueno, sea como fuere, qué bien, ¿no?

—Sí.

La escena de anoche parecía un sueño. Fue encontrar el cuaderno de notas y aparecer allí mi tío de pronto...

¿Habría sido un plan de Momoko-san, tal y como me dio la impresión? Preocupada por la continua tristeza en que se sumía mi tío. La idea me rondaba vagamente por la cabeza, pero decidí dejar de pensar en ello. Total, por más que lo pensara, no iba a llegar a ninguna conclusión. Lo importante era que de aquí en adelante podríamos vivir mirando al futuro. Solo eso.

—Akira, ¿te importa que vaya yo también allí cuando salga del trabajo?

—Por mí bien, pero el señor Morisaki ya se ha marchado.

—No importa. Aun así.

—Bueno, entonces, ¿en el Subol?

—Sí.

—Vale.

Al otro lado de la ventana ya se extendía la oscuridad y brillaba una luna grande, a la que le faltaba apenas un poco para llegar al plenilunio.

Capítulo dieciséis

Los días en que no tengo que ir al trabajo me dedico a caminar por esas estrechas callejuelas de siempre a las que estoy acostumbrada. Era una tarde de febrero, soleada pero todavía fría. El cielo tenía un azul pálido y flotaban en él algunas nubecillas, que parecían pintadas con acuarelas. Los guantes de la tía Momoko me calentaban las manos.

También ese día la atmósfera del barrio de las librerías estaba cargada de paz. La gente con la que me cruzaba caminaba despacio, relajada. Avancé por una calle donde se alineaban las edificaciones bajas y doblé por una callecita lateral. Y entonces, tal y como preveía, alguien comenzó a llamarme a voces por mi nombre.

—¡Takako-chan!

Avergonzada, apreté el paso y me acerqué al dueño de aquella voz, comenzando a protestar.

—¿Pero no te digo siempre que no me llames a plena voz en medio de la calle?

—¿Y por qué no?

—Porque ya te he dicho que me da vergüenza.

Por más que se lo diga, mi tío sigue haciendo lo mismo. Es una lata. Pero una parte de mí se tranquiliza al escuchar esa voz. Este lugar es el sitio al que pertenezco. El lugar que me acoge. Porque me hace sentir así.

—¿Todo bien? —me pregunta mi tío todo sonriente.

—Sí, todo bien.

—Entonces, perfecto. Hace frío, ¿eh? Vamos a tomar un té calentito.

—Sí.

Después de aquel incidente, la librería Morisaki ha vuelto a funcionar con normalidad. Todos los días, de la mañana a la noche. Exactamente igual que antes.

En cuanto reabrió, mi tío decía quejumbroso:

—Qué desastre... Como he cerrado más de un mes, tenemos cero ingresos...

Pero, al haber abierto a pesar de todo, la noticia terminó por causar un pequeño revuelo. Los clientes regulares comenzaron a escuchar rumores de la reapertura y, Sabu en cabeza, todos los días aparecían por allí. Así que, junto con la apertura diaria, la primera tarea a la que se veía abocado mi tío era la de hacer reverencias de disculpa a todos aquellos clientes. Claro que para ellos suponía una alegría tal que ni uno solo estaba enfadado como para reprocharle nada.

Mi tío, arropado por el cariño de todos sus clientes regulares, realmente parecía muy feliz. Bastaba ver la expresión de su rostro para comprender que ya no era necesario preocuparse de nada. Por supuesto que no se había recuperado de la muerte de Momoko. En absoluto. La tristeza de la pérdida seguramente le acompañaría para siempre. Pero mi tío había decidido mirar hacia delante. Seguir adelante aun con la tristeza a cuestas.

En cuanto a mí, también se ha producido un pequeño cambio. Dentro de poco me casaré con Wada. Ya nos hemos presentado mutuamente a nuestros padres y ahora estamos buscando entre los dos una casa donde vivir. En realidad, el motivo de ir hoy a la librería es contarle todo esto a mi tío. Sin embargo, él no ha abandonado su sentimiento de enemistad hacia Wada, y cada vez que, como quien no quiere la cosa, menciono su nombre, de pronto cambia de tema con rostro muy serio y dice cosas como «me pregunto cómo afectará el libro electrónico o la crisis del mundo editorial al mercado de los libros de segunda mano». No sé qué hacer.

—Ay, ay, ay, a veces acaba una hasta la coronilla con las cosas de este hombre...

Estoy segura al cien por cien de que si estuviera la tía Momoko aquí diría algo similar. Realmente me parecía que estuviera a mi lado bebiendo su té.

—Bueno, qué se le va a hacer, el tío es así.

Mientras hacía este comentario con una sonrisa forzada, me giré hacia un lado como dirigiéndome a Momoko, por lo que mi tío se quedó boquiabierto.

—¿Eh? ¿Cómo?

—Nada, no pasa nada —le contesté disimulando con una risita.

—Oye, ¿te acuerdas cuando fuimos una vez juntos a las fiestas de verano?

—¿Las fiestas de verano?

—Sí, cuando yo era una niña, fuimos los dos juntos. ¿Lo recuerdas?

—Ah, sí, ahora que lo dices... Se oía la música de los tambores y tú insistías en que querías ir de todas maneras.

—Eso es. Y a la vuelta me compraste un helado en una tienda 24 horas.

—Sí, sí, cierto —sonrió mi tío recordando la escena. Estábamos tristes porque se había acabado. Pero ¿a qué viene eso ahora, tan de repente?

—Cuando la tía Momoko me pidió en la habitación del hospital que le contara una historia, le conté lo de aquella noche.

—¿Ah, sí?

—Me dijo que le hubiera gustado estar allí.

—Ya.

—Me acuerdo a menudo de aquella noche.

—Ya veo.

—Pues sí. Lo decía solo por eso.

Sorbimos nuestro té a un tiempo. Recordé el rostro de Momoko en aquella ocasión. Mi tío a su vez debía estar perdido en algún recuerdo, porque sonreía.

Estando así los dos embargados de un profundo sentimiento, escuchamos el ruido de la puerta al abrirse con suavidad y al mirar se me escapó una exclamación de sorpresa. El rostro que asomó por el vano de la puerta era nada menos que el de aquel misterioso parroquiano, el anciano de las bolsas de papel. Llevaba muchísimo tiempo sin venir.

Llevaba bolsas de papel en ambas manos, ya con libros, y entró en la librería con la misma expresión de siempre. Recorrí su figura con la mirada, sin dar crédito a lo que veía. ¡El anciano ya no vestía aquel jersey de siempre, aquella reliquia arqueológica! Era un jersey gris del mismo color que el otro, pero esta vez tenía tejida en el centro una vistosa cabeza de ciervo. Pero, sobre todo, era nuevo.

Y ya, para culminar la sorpresa, después de rebuscar en las estanterías, escoger algunos libros y traerlos a la caja para pagar, le dijo a mi tío:

—Vaya, me alegro de que siga con el negocio.

Hasta ahora, pasara lo que pasara, nunca había dicho una sola palabra. Incluso mi tío pareció un poco sorprendido, pero rascándose un poco la cabeza como avergonzado le pidió disculpas.

—Sí, bueno, siento las molestias. Es que quería descansar un poco.

—Pensé que había quebrado.

Después de este comentario enunciado en voz baja y pausada, el anciano, sin esperar la respuesta de mi tío, embutió los volúmenes en sus bolsas de papel y, sin más, salió de la librería.

Como arrastrados por él, salimos también nosotros dos y nos quedamos de pie, hombro con hombro, mirando cómo se alejaba con pasos vacilantes.

—Pues parece que sigue bien de salud —dije, contenta, a mi tío por la visita de tan inesperado cliente.

El anciano terminó por perderse de vista. Fuera hacía frío y además viento, pero el agradable sol del atardecer iluminaba el callejón con suavidad.

—Sí, menos mal.

—Seguro que mientras estábamos cerrados vino alguna vez.

—Sí. Lo siento por él.

—El jersey era nuevo, ¿eh?

—Sí, nuevo.

—Y elegante.

—Sí, elegante también.

—¿Lo habrá comprado porque ya era imposible ponerse el otro?

—Takako-chan...

—Perdón, ya lo sé. Nada de indagaciones, ¿verdad?

—Eso es —asintió mi tío con firmeza para proseguir como dirigiéndose a sí mismo—. Aquí estamos solo para vender libros.

Parecía de buen humor e, incluso, rebosante de orgullo.

Una vez leí cierta frase en un libro de uno de mis autores favoritos:

«Las personas vamos olvidando muchas cosas. Gracias a olvidar muchas cosas, podemos seguir viviendo. Sin embargo, las cosas que nos marcan el corazón son como las olas que van dejando un rastro sobre la arena y siempre están ahí».

Me gustaría de todo corazón que así fuera. Esas palabras me hacen sentir llena de esperanza.

Por algún punto lejano del firmamento cruzaba un avión dejando tras de sí la estela de una nube recién nacida.

—Mira, tío, la nube de un avión —dije señalando al cielo.

El tío Satoru levantó la vista y dejó escapar un «hmm...» mientras entrecerraba los ojos.

La estela del avión fue alargándose cada vez más, trazando una nítida línea blanca sobre el azul del cielo que parecía no terminar nunca.

Esta es nuestra pequeña librería de segunda mano, en el barrio tokiota de los libros de viejo.

Una librería repleta de pequeñas historias.

Y, además, repleta de los profundos recuerdos de muchas personas.